新潮文庫

指揮官たちの特攻

—幸福は花びらのごとく—

城山三郎著

新潮社版

7482

指揮官たちの特攻

――幸福は花びらのごとく――

一

その土地は、ホノルルからオアフ島の東岸沿い、片側一車線の道を一時間近く走ったところに在った。

右手に海が見え隠れするカーブの多い道であり、そのせいか、途中にポリネシア文化センターや「チャイナマンズ・ハット」と呼ばれる形のよい小島があったりするもののの、ただそれだけのことで、店らしい店も無く、車の姿も無い。

「エビ料理」というくたびれた幟《のぼり》を立てたバラック風の店に、珍らしく車が四、五台駐《と》まっており、このあたりエビが名物なのかと思ったりしたが、私にとって問題の土地カフク岬は、いまはエビにも関係があることが、訪ねてみてわかった。

もっとも、私がその岬に行くのは、別の目的、いや目的らしくない目的からである。

そこはオアフ島最北端、昭和十六年十二月八日未明（日本時間）、日本海軍の戦闘機・雷撃機・爆撃機から成る二百機近い大編隊が、はじめてアメリカ領土に姿を見せた地点である。

とはいえ、それは上空のことであり、戦史研究者も関心が無い。ただ、私には何か気になった。

気になる以上は、とにかく出かけてみよう。気になったままにしておくのは、いまいましいし、癪《しやく》にさわる。

そして、出かけてみてよかった。

岬の先端近くなって街道から離れ、とにかく海岸へと向かう。家や人の気配は無く、名も知らぬ灌木《かんぼく》や丈《たけ》高い野草が生い茂るばかりの荒地の中を。

車の跡が道になったような先に、わずかに「駐車禁止」の立札があり、さらにその奥へ進んで行くと、風雨にさらされた感じの事務所風、そして宿舎風の建物、それにコンクリート造りの頑丈そうな建物があった。

ただ、それらは私の関心事ではなかった。私はただ、その岬で戦爆連合の大編隊、それもアメリカのものらしくない大編隊を仰いでいたアメリカ人の気持になってみたかったし、逆にはじめてアメリカ領空を侵す日本の搭乗員たちの心理といったものを、何か肌で感じとれたら、というぐらいの気持だった。

ところが、そこへ古い事務所風の建物から、がっちりした体軀《たいく》の男が現われた。東洋人系の顔立ち、年齢は五十代か。

見咎《みとが》められた形であり、こちらは緊張したが、二言三言話すうち、今度は男がおどろいた。私の名を知っており、私の本も何冊か読んできたと、書名をあげる。そして、私と同じ名古屋出身だ、と。

渡された名刺を見ると、「青松」という珍らしい姓。幕末の尾張藩で「青松葉事件」と呼ばれる歴史的な出来事があったが、そのこととは関係が無いようである。

いずれにせよ、こちらはほっとし、

「このコンクリートの建物は何か」

などと、次々と問いかけることになった。

それは一見、廃墟《はいきょ》のようであったが、中にはいくつもの大きな水槽があり、シラミより小さな無数のエビの稚魚を、コップですくって見せてもらった。

育て上げて中華料理店などに卸すと、酒の中で泳がせ酔わせたところを食べさせる。なかなかの珍味の由《よし》。途中で見かけた「エビ料理」の幟の店も、その種のものを出しているのか、などと訊《き》くことはしなかった。

私は食が細いし、それよりもそうした飼育をするにしては、余りにもコンクリートの壁が厚いことなどが気になり、質問すると、ミスター青松は私を建物の外に連れ出し、壁にはめこまれた銅板を指した。

多年汐風《しおかぜ》にさらされ続け、白く塩をまとったような文字でそこに綴《つづ》られていたのは、その建物が世界最初の放送会社RCAの、東洋向け二五〇キロワットで海外放送の送信を行なう施設として、一九二七年建設されたなどという由来であった。

ミスター青松が補足する。

RCA株が上場されると、いまのITブーム以上の人気を呼び、たちまち数千倍の値がついたため、RCAには莫大《ばくだい》な資金の蓄積ができ、そのおかげでそれだけの設備をつくることができた。

ただし、それも一時《いっとき》のこと。

大恐慌《だいきょうこう》の波に巻きこまれると、たちまち赤字会社に転落。設備の維持に苦しむどころか、つくって間もない設備全体を売る他なくなった。

そこをすかさず軍が買いとり、そのまま太平洋艦隊向けの通信基地に転用した。

建物の裏手には、戦後になって倒され分解された鉄塔が残っており、世界で最大級の通信設備であったという当時の様子を偲《しの》ばせた。

このため、日本側の電波は筒抜けで傍受され、暗号もほとんど解読されており、すでに開戦前に情報戦争の勝負はついていた、という。

一方、アメリカ側では、ナバホ・インディアン語をベイスにした暗号を用いるなどして日本側を徹底的に混乱させた。

いまは荒地が続くだけの広い構内を歩いて行くと、海近くの叢《くさむら》の中に広い道路状のものが見えた。

連絡機用に設けられた滑走路であったが、開戦後、一気に三〇〇メートルに延長され、B29の離着陸も可能になった、という。

当時、そうした事情を知るアメリカ人であれば、日本機の大編隊の到来も予想しないことではなく、驚きや恐れの念だけで見上げるというより、ひそかに舌なめずりした向きもあったかも知れない――。

帰りのタクシーの中で、そうした話をしていると、往路は無言に近かったT運転手が、今度は思いがけぬことを言い出した。

アメリカの策略で、日本は罠《わな》にはめられるように、真珠湾攻撃に誘いこまれたのだ、と。

「最近、そのことをテーマにした本がベストセラーになっているが……」

私が水を向けると、

「いや、そんな本は知らない。私は十年ほど前、ハワイの新聞で読んだ。それに、お客さんたちからも聞いたのだが、日本軍の空襲は実に正確で、軍事基地だけに集中し、おかげで市民はバルコニーに出たり、屋根に上ったりして見物できたそうです」

T運転手はそこで一息ついた後、小首をかしげ、

「ところがおかしなことに、当時のニュースでは、ハイウェイをドライブしていた車が日本機に撃たれて、カップルが死に、海に出ていた漁師三十人ほどがやはり銃撃され殺された、とか。要するに、関係の無い市民《シチズン》まで殺したということで、日本への憎しみをかき立てようとしたらしい」

そういえば、日米開戦に反対していた山本五十六《いそろく》連合艦隊司令長官らは、空母を中心とする航空戦力が海戦の勝敗を決するとしていたのに、日本機が攻めこんだ真珠湾には、かんじんのアメリカ空母はすべて出払っていて、ただ図体《ずうたい》の大きな戦艦ばかりが繫留《けいりゅう》されたまま、恰好《かっこう》の目標という形で並んでいた。

偶然とかもあったであろうが、見方によっては、その辺にもアメリカの先手というか、策略を感じることもできる。

いずれにせよ、経済力では桁《けた》外れに大きなアメリカが、情報網も含め、準備万端整え待ち受けているところへ、日本側はほとんど素手も同然で飛びこんで行った、と見ることもできる。

真珠湾《パール・ハーバー》への第一弾を投下したのは、高橋赫一《かくいち》という当時三十五歳の少佐であった。

徳島の池田の生まれで、海軍兵学校を昭和三年卒の第五十六期生。

二十五歳のとき、二十一歳の従妹《いとこ》マツヱと結婚。それほど頻繁に会っていたわけではないが、互いに好感を持ち、それぞれの縁談を断わっての恋愛結婚であった。

まず長男に恵まれ、弘法さまへの願かけのおかげだとして、赫弘《あきひろ》と名づけ、続いて二人の娘に恵まれ、瑛子《えいこ》、凱子《やすこ》と命名。

さらに、ハワイ攻撃へ向かう航空母艦「翔鶴《しょうかく》」の中で、次男誕生の報《しら》せを受けた。それも自分と同じ誕生日である。

幸先《さいさき》よし、縁起よしと、艦内放送でも紹介され、祝いの酒で士官室は大賑《おおにぎ》わい。その上での出撃であった。

しかも、奇襲は成功し、大型戦艦の幾隻《せき》かは傾き、真珠湾《パール・ハーバー》は黒煙に包まれており、味方にほとんど損害は無い。

機上で「万歳！」とでも唱えたくなるところであったが、高橋赫一はむしろ沈んでいた。

高橋にとっても、また日本にとっても不幸というか、このときいくつか大小の錯覚というか、行き違いがあった。

攻撃の順序としては、「奇襲」可能の場合、効果の大きな艦上攻撃機による魚雷攻撃から開始することとし、その場合、総指揮官淵田《ふちだ》美津雄中佐は合図として信号拳《けん》銃《じゅう》を一発撃つ。

しかし、地上からの対空砲火などが予想され、低空に舞い下りての雷撃が困難な場合は、まず爆弾の雨を降らせる「強襲」を行なうものとし、その場合、総指揮官はピストルを二発撃つ、という取り決めであった。

敵地に入って無線を封鎖しているからとはいえ、私などには「小学校の運動会でもあるまいし」という気もするのだが、果して錯覚が起った。

空気も澄み、静まり返った眼下を見て、淵田中佐は「奇襲」可能と見、風防ガラスを開けて、ピストルを一発撃った。

ところが、雷撃隊は相変らず編隊飛行を続け、攻撃隊形に移らない。そこで催促のため、もう一発撃ったということだが、高橋少佐はそれをピストル二発、つまり「強襲」の合図と受けとり、直ちに急降下爆撃に移った。

そして、第一弾を投下し、機首を引き起した直後、時計を見てみると、命令されていた攻撃開始時刻より五分早かった。

高橋は悩んだ。

戦果はともかく、また、たとえ五分間のこととはいえ、実行は自分の責任であり、これは問題になるのではないか——。

振り返って、列機を見る。

爆弾を落とし身軽になったせいもあるが、部下たちの機は整然と隊形を組みながら、いかにも心はずんでついてくるように見える。

そして、その視野の中央に、見飽きるほど見てきた特長のある自機の尾翼が見える。

幅広い赤線の帯を三本並べた尾翼が。

敵の目につきにくいようにと、ほとんどの国の軍用機が灰青色系で塗装している。

ところが、高橋はむしろ愛機が目につくようにと、胴体には橙色《だいだい》というか、黄色を帯びた赤の線を塗り、さらに尾翼に赤の横縞《よこじま》。

もちろん、理由あってのことである。

指揮官機である以上、自らの危険はさておき、率いる部下たちから、その動きが目につきやすいようにしておきたい。

無線の封鎖や故障ということもあるし、空中戦など混戦状態の中で、同色では識別しにくい。

列機は指揮官機の動きに従おうとし、とくに攻撃を終わった後には、指揮官を頼りに帰投する。そのためにもというわけだが、おかげで、「ドラネコ」とか「アカネコ」と呼ばれ、アメリカの雑誌に紹介されたこともあり、高橋その人まで「我らが赤さん」などと言われていたと、遺児の赫弘は私に笑顔を見せた。

その「赤さん」は、強いといわれた大分は宇佐航空隊相撲・柔道部の部長であったし、テニスは小学校の頃から選手。

そうしたスポーツマン的な闊達《かったつ》さに加えて、煙草《たばこ》の煙を輪にして吐き出した中へ、さらに小さな輪をつくってくぐらせる。草笛や指笛を吹く。独楽《こま》を廻《まわ》して見せ、綱渡りをさせる。番傘の上で、土瓶を転がす等々、下手な芸人顔負けの技をやって見せ、赫弘たちを喜ばせた。

もともと器用な上に、そうした技で何かが鍛えられることを期待していたのでもあろう。

その証拠に、娘たちには左利《き》きにならぬよう注意する一方、赫弘には、軍人として右手を失なった場合のためだと、左手を使う訓練をさせた。

これまた、高橋自身が左手で箸《はし》を使って豆腐を口に運んで見せたり、左手で一升壜《びん》の酒を燗《かん》徳利の小さな口へ注ぎこんだり。

それがさらにエスカレートして、

「両手を失《な》くす場合もあるから、平素から訓練しておけ」

足の指でタオルをつかんで、口で受けるなどということもやって見せ、これまた赫弘に練習させるのであった。

いや、息子への訓練は、それだけではなかった。

晴れた夜、二階のテラスへ出て、

「この方向に星がいくつ見えるか」

などというところから始めて、星座のことなど、あれこれおぼえさせる。

それが役に立つというだけでなく、飛行機乗りにとって何より大切な視力をつけることになる、というので。

ここまで来ると、楽しみどころか、訓練そのものといった感じ。「私」を通して「公」を見るというか、「公」のための「私」を育てるというか。

そういえば、「公あっての私」ということを、赫弘は子供のころから体でおぼえさせられていた。

用があって母親に連れられ、航空隊を訪ねると、早速、哨兵《しょうへい》に隊長室へ案内された。

ところが父親は、

「ここは公室だから」

と入れてはくれず、風が吹きすさび爆音のうるさい戸外での立話で済ませてしまった。

宇佐航空隊入口には、日豊本線の「柳ケ浦」という駅があり、ふだん高橋は家の在る中津から、列車に乗って通っていた。

同じ中津住まいの直井俊夫司令から、迎えの車に同乗するよう誘われても、「かた苦しいから、いやだ」と、辞退。

一方、待合などもある中津へは、上陸（外出・外泊）する隊員たちのために、「青バス」と呼ばれる送迎バスが走っており、高橋はそのバスには乗ることがあった。すかさず、

「それでは皆さんが、かた苦しいでしょう」

家の者が心配すると、高橋は、

「航空隊には階級の上下なんて無いさ。みな仲良しなんだ。そうじゃないと、戦えな

い」

ときには、

「航空隊では、階級じゃなく、技術のうまいものが上なんだ」

とも。

それは思いつきや、部下へのお世辞などでなく、高橋の信念であった。

そして、息子の赫弘に次のようにつぶやくこともあった。

「操縦技術も戦闘技術も、下士官・兵にはかなわない。みんな、十代から叩《たた》きこまれているのに、こちらは中尉《ちゅうい》になってから、つまり二十四、五になってから習っている」

そうしたつぶやきの延長上で、さらに踏みこんで言った。

「一人前の操縦士になるには、日本では最低三年かかる。はじめて機械に触れる者が多いし、習うにも一人対一人。時間がかかって当然だ。ところがアメリカ人は、少年のころから車に乗って、機械に馴染《なじ》んでいて、のみこみも早い」

そして、日本を後にする直前には、

「世界で一番金持ちのアメリカ・イギリス相手の戦争をすれば、日本中の軍事施設、工場、そして大都市と次々に空爆され、日本は大変なことになってしまう」

と、先行きを心配する一方、勝った、勝ったといわれている中国大陸での戦争について、

「チャンコロチャンコロと馬鹿《ばか》にするのはいけない。負けても負けても立て直して戦いを仕掛けてくる支那《しな》という国は、本当は強いのだ」

と思いがけぬことを言い、ついでに中国戦線へ参加している外人義勇軍について、

「白人の乗った飛行機が、体当たりするように突っこんでくる。勇敢な連中だ。侮《あなど》ってはいかん」

そうした暗い見通しというか、不安をかかえながらも、高橋は真珠湾へと出撃して行ったわけだが、勝算の有無とは別に、一軍人としては、そうせざるを得なかった。

そこで、どんな思いで高橋は戦うことになるのか。

「俺たちは、ただ黙って戦い、黙って死ねばよい。後のことは国家国民が知っている」

まるで遺言のようだが、それは高橋少佐がいつも部下に言っていた言葉であった。

技量は、操縦士に対してだけでなく、整備士についても問われる。

これについては、高橋は信頼するしかないというのか、達観というか、楽観してお

り、

「整備の人たちがよくやってくれるから、俺たちは安心して飛べる。整備の人たちを大切にしなくちゃ」

というのが、これまた口癖であった。

そして、自分に支給された航空糧食やビールなどを差し入れたり、整備の下士官や兵を隊長室へ招いて酒盛りしたりと、気くばりを忘れなかった。

部下や搭乗員たちにはそれほど気をつかう高橋であったが、だからといって、家庭のことに無頓着《むとんちゃく》というわけではなかった。

住まいを航空隊の在る宇佐ではなく、中津に構えたのも、何より家族の身の安全を考えたからである。

中津は気候がよく、地震などの天災が無い。福沢諭吉の生地だけに、教育熱心な土地柄でもある。

その上、いずれ戦争がはげしくなり、内地が空襲に見舞われるようになっても、敵機は山々が続き乱気流の発生する陸地は避け、豊後《ぶんご》水道を北上するコースをとり、中津などには目もくれず、小倉や八幡《やはた》へ向かうにちがいない。その点でも、中津はいちばん安全な土地なのだ、と。

やがて高橋は飛行隊長として最新鋭航空母艦「翔鶴」に乗りこむことになるが、同艦の母港である横須賀《よこすか》ではさらに空襲の危険があるからと、家族は呼び寄せずに、単身赴任。

幸い、中津の南、日豊本線で八〇キロほどの距離に在る大分航空隊へ出張する用があり、その前後に家へ寄る、ということにした。

ところが、それほど家族の安全第一にと考えてきたのに、思いがけぬ悲劇が起った。それも、ハワイからの凱旋《がいせん》直後に。

その誕生をハワイ攻撃途上で報され、幸先よしと、いわば艦をあげて祝ってもらった次男の武弘が、世を去った。その死も、実は高橋の気持ひとつで避けられたかも知れぬのに。

昭和十六年の年の瀬も押しつまった頃、ハワイ攻撃から家に戻った高橋は、久しぶりに恵まれた元気な男児が可愛《かわい》くてたまらず、寒い季節なのに、つい庭へ抱いて出て、風邪をひかせ、それが急性肺炎に。

かかりつけの医師から、

「サルゾールという新しい特効薬ができ、航空隊にはあるはず。一本だけでも分けてもらってきてくださらんか」

と頼まれたが、高橋は、

「あれは陛下の将兵のための物、一本たりとも私《わたくし》するわけには」

と、かぶりを振った。

強い口調に、医師はそれ以上くり返すことはあきらめ、

「それでは、お父さんの健康な血を五〇ccだけ輸血して頂きたい」

高橋少佐は今度はしばらく眼を閉じて考えこんでいたが、

「私の体のすべては陛下に捧《ささ》げたもの、血を抜くことで次の日の働きに差し支えがで

きては、申訳ありません」

と。このため、産後の肥立《ひだ》ちも十分でない妻マツヱの血を輸血した。

翌朝、高橋は容態を気にしながらも、宇佐航空隊へ出、横須賀に向かう便を待って

いたところ、午後になって死亡を報《しら》された。

高橋は通夜《つや》のため家に引き返し、次男の遺体を胸に抱いて、ときには声をかけなが

ら、まるであやすように抱き続け、朝まで一睡もしなかった。

国のため部下たちの生命を預かる指揮官である以上、それにふさわしく自らの言動

を律すべきであり、微塵《みじん》も私情を容《い》れてはならない。

軍人の模範とされた乃木希典《まれすけ》大将は、司令官として絶対の権力を持っていたのに、あえて自らの息子を最も危険と見られた戦場へ送り出し、子無き身となってしまったが、それこそが上に立つ者の在るべき姿とされている時代であった。

戦後、高橋の妻マツヱは勤めていた教職から追われ、遺族年金も絶たれたが、ようやく近くの製薬会社の工場に働き口を得た。ところが、そこでは例の特効薬「サルゾール」がつくられており、悲しみを新たにさせられることになる。


ここで遅まきの紹介になるが、総指揮官のピストルによる合図が正確に伝わらず、つまり本来の段取りどおりの「奇襲」が決行されなかったため、真珠湾攻撃の第一弾は高橋少佐指揮の急降下爆撃隊によるものになったが、つづいて第二波攻撃隊がカフク岬の東から突撃した。

そちらの艦上攻撃機隊隊長の嶋崎重和少佐は、実は高橋少佐の妻マツヱの妹ウメノを伴侶《はんりょ》としており、つまりこの義兄弟はいずれも戦果を挙げると同時に、兄は次男を、弟にとっては甥《おい》を失なうという悲しみを分かち合うことになった。

文字どおりの「滅私奉公」とはいえ、それはこの義兄弟にとっては、戦果では帳消しできぬ悲しみとなったはずである。

二人の縁は、さらに重なる。

高橋が飛行隊長として乗る「翔鶴」は、トン数では一廻りも二廻りも大きな「加賀」に負けぬ数の艦載機を収容できる上、護衛の駆逐艦が追いつけぬほどの波を蹴立《けた》てての高速を発揮し、当時、世界でも指折りの高性能の空母といわれた。

義弟嶋崎の乗る「瑞鶴《ずいかく》」は、同型の二号艦、つまり姉妹艦として建造されたものであり、飛行隊長の妻同士が姉妹なら、乗る空母も姉妹という珍らしい組み合わせであった。

そして、この姉妹艦は南太平洋でめざましい活躍をした上で、共に果てることになる。

ところで「宇佐」という土地を御存知だろうか。

大分県北部に在り、中津の東隣りで、国東《くにさき》半島の付け根。北に青く周防灘《すおうなだ》が光り、南にはなだらかな山々が見えるが、このかいわいでは珍らしく、広々とした平地がひらけ、冬を除けば田や畠《はたけ》の緑が濃い。

ただし、格別の名勝や温泉があるわけでなく、特産品とか名物の類《たぐ》いも少ない。ごく平凡なというか、典型的な農業地帯の町のひとつである。

もっとも、年輩者なら、すぐ連想する名がある。「宇佐八幡宮《はちまんぐう》」である。文の神が「天満宮」や「天神さま」なら、武の神は「八幡社」。天満宮に劣らぬ数の八幡社が全国各地に散在するが、その総本社に当たるのが「宇佐八幡宮」であり、官幣《かんぺい》大社として、格式は伊勢神宮に次いで高く、戦争の時代ともなれば、「武運長久」を祈る参拝者が途切れることはなかった。

この土地を選ぶに当たっては、そのことまで考慮されたか、どうか。やがて宇佐から特攻隊が次々に発進するようになると、いくつかの隊名に「八幡」が織りこまれた。

宇佐の開けた平地を広く占めて、大きな基地がつくられたのは、昭和十四年のことである。

もっとも、「飛行場そのものは内陸部に在る。

このため、水上機は持たぬ代わりに、陸地から飛び立つ各種の陸上機、あるいは航空母艦に離着陸する艦上機が、海上の目標めがけて訓練するには、恰好《かっこう》の基地となった。

兵学校出身者や予備学生から成る飛行学生や、飛行予科練習生（予科練）は、茨城県の土浦や霞《かすみ》ヶ浦《うら》での練習機による教育を終えると、戦闘機や陸上機要員を除く多くがここに来て、急降下爆撃を行なう艦上爆撃機（略して「艦爆」）や、同じく水平爆撃や雷撃を行なう攻撃機（略して「艦攻」）などに乗り組んでの訓練を短かい期間に集中的に受ける。

つまり、海軍用語で言う「実用機教程」をこなし、修了の次の日でも戦闘に参加できる乗員に仕立て上げるための航空隊であった。

このため、選りすぐった教官・教員が集められて居り、「鬼の宇佐空」「地獄の宇佐空」などといわれるほど、密度の濃い訓練が積み上げられ、海兵団や練習航空隊とは空気がちがった。階級社会である海軍では、同じように教える役目なのに、士官を「教官」と呼び、下士官を「教員」という。

少年らしさや初々《ういうい》しさをふるい落とし、「技量が第一」とする高橋少佐の言のように、仕事師に徹しさせるという雰囲気の中で、日々を送る。

それだけに、あとは一日の緊張を解くように、大人の生活が待つ。

構内には、テニスコートや撞球《どうきゅう》場まであり、また「上陸」のときは、駅館川《やっかんがわ》対岸の長洲《ながす》の料理屋や待合に繰り出す。それらの店々を「長洲官舎」と呼ぶほど足繁《しげ》く。

宇佐航空隊の士官たちは、ときには別府へ足をのばした。

基地門前の柳ケ浦駅からは、列車で五〇キロほどの距離で、賑《にぎ》やかな温泉町である上に、波おだやかな別府湾を、連合艦隊が寄港地にしていることから、水交社代わりに使われる料亭もいくつかあり、その中の「なるみ」などには、千枚近くの海軍士官の色紙が戦後残されたほどであった。

芸者衆の数も多く、「海軍芸者」と呼ばれ、海軍士官を客にとるのを誇りにする妓《おんな》たちも居た。

もちろん、人情の常で金離《かねばな》れのよいほど上客だが、といって、それだけではなく、男前だとか、武勲だとか、人柄などでも、評判がちがう。

それらの綜合《そうごう》点で人気最高なのは、連合艦隊司令長官の山本五十六大将。

お気に入りの芸者たちが招かれることもあるが、岸壁で挙手の礼で迎えられて短艇に乗り、旗艦に運ばれると、上甲板に天幕を張った席で、フランス料理のフル・コース。しかも、食前、食中、食後と、軍楽隊は演奏し続ける。

身分や職掌などで差別しないといっても、さすがの芸者衆もお尻《しり》が落ち着かなかった、という。

そして、開戦早々、ハワイ真珠湾で、さらにマレー沖での大戦果。

真珠湾では、前述のように高橋少佐ら指揮の航空部隊だけでなく、特殊潜航艇五隻《せき》も突入した。

山本大将は、攻撃後の無事収容を条件にして発進を許したのだが、そのようにはならず、これは後になってわかるのだが、一名が捕虜になり、戦死した九名については、大本営は直ちに「九軍神」として高らかにうたい上げ、これが後の大挙しての特攻出撃の下地になって行く。

そしてハワイ攻撃直前の昭和十六年十一月十五日、海軍兵学校を卒業した四百三十二名の中に、関行男《せきゆきお》（行男《つらお》と読んだとも）と中津留達雄《なかつるたつお》という若者が居た。

二人は、海軍兵学校七十期という同期生であるばかりでなく、飛行科を志願して飛行学生としても共に学び、さらに宇佐へ移ってからも、わずか五人に絞られた艦爆仲間。

その上、二人とも筋肉質で長身、顔かたちも整っている「もてる」タイプの青年士官。テニスが好きということでも共通していた。

それでいて、それぞれが相手について書いたものが無いだけでなく、印象なり感想なりを漏らしたなどということも、一切伝わっていない。

それほど同じ経歴、同じ部署に居れば、そして趣味まで同じであれば、相手のことについて何か話して居そうなものだが、はじめから終わりまで、まるで無縁の衆生《しゅじょう》であるかのようであった。

気質がちがうということも理由にならない。そのため、かえって相手に関心を持ったり、仲良くなるということもあるからで、いずれにせよ、そこまで無関心というのでは、もはや「ウマが合わぬ」とでもいう他ない。

もっとも二人についての印象のちがいも伝わっている。

中津留について、同じ隊に居た脇田《わきた》教郎《のりお》主計大尉《だいい》が、

「戦時色の強まる中で珍らしく温厚な人柄」

という印象を持ち、部下は部下で、中津留大尉が最後に飛び立つとき、

「いつもの慈愛をこめた眼で、私たちを見つめられた」

などと伝える。予備学生出身者たちにも親しまれていた。

一方、関については、たとえば兵学校上級生当時、下級生に対する「締め方」つまり鍛え方がかなり手きびしく、「きびしい視線」「鷹《たか》のような目つき」の持主といった風に伝えられ、教官になってからも、飛行学生にとってこわい教官の最右翼にあげられていた。

いずれにせよ、「ウマが合わぬ理由」まで含めて、どうしてそうなったのか。まず、関大尉の生まれにまで、さかのぼってみたい。

関行男の生地は、中津留達雄が幼いころからよく泳いでいた豊後水道ひとつを隔《へだ》てた愛媛県。

もっとも、そこは道後温泉などのある西部とはちがい、同じ伊予国でも上方《かみがた》寄りの道前《どうぜん》と呼ばれる地域。それも、北は瀬戸内海に面した現在の西条市に、大正十年八月に生まれた。

あたりは、紀州徳川家の流れを汲《く》む松平三万石の所領。西条はその陣屋の在るいわば城下町。

その町の中心、光明寺という古刹《こさつ》の門前町として店々の並ぶ中に、生家は在った。家業は骨董《こっとう》商であったが、売るためというより、古い町に眠っている書画骨董を仕入れるのが狙《ねら》いであり、父親の関勝太郎はこれを大阪などで売って居り、行男という名はその顧客の一人が、「苦難に負けずに生きて行くように」ということで、付けてくれた。それはまるで、関の行方を予言するような命名でもあった。

というのも、父三十八歳なのに、母の小野サカエは二十三歳。年が隔たるだけでなく、姓もちがった。

サカエはその店の留守番役とお手伝いを兼ねて働いていたのだが、行男を身ごもり、「内々ででも祝言《しゅうげん》を」と、サカエもサカエの親族も勝太郎に迫った。しかし、勝太郎は曖昧《あいまい》な返事をくり返すばかり。そのうち、大阪に妻子の居ることがわかった。

実はサカエは生い立ちから不幸であった。二歳のとき、鉄砲水で父を失ない、母はその実家に去ってしまったため、親戚《しんせき》の小野家に養女として育てられた。

この上、わが子まで不幸にしたくないと、サカエは入籍を迫り続け、諍《いさか》いがくり返された。

四歳になって入籍した行男は、そうした中で育った。すぐ近くの光明寺の広い境内などを遊び場にして。

サカエについて、行男の同級生たちは言う。「丸顔で上品なお母さん」「遊びに行けば、いつもお菓子や饅頭《まんじゅう》を出してくれた。まるぽちゃで、やさしそうなお母さん」などと。

そのサカエに気の張りもあったのであろう、通学する行男は「黒サージの短かい半ズボンに長目の靴下姿。まるで、お坊っちゃんの服装だった」とも。

このためか、「小学生時代から生意気な奴《やつ》だった」という人もあるが、行男も子供ながらに少しは突っぱる気分になっていたのかも知れない。

その裏でサカエは親しい人に「生活費を中々くれぬ」と、ぼやいてもいた。

二つの家庭を抱え、勝太郎にもちろん余裕のあるわけはなかった。大阪の本妻との間には、子供が四人も居たので。

ところが、その四人の子が事故や病気などで次々に亡《な》くなってしまい、そちらに後継ぎが居なくなった。

そうした気落ちもあってであろう、勝太郎は、本妻と別れ、ようやくサカエを入籍した。おくれにおくれて、行男の中学入学の年であった。

父勝太郎は、ときどき大阪へ販売に出かける他は、西条に腰を据えた。

これで落着いた生活がはじまると、一息つけるところだが、母子にとっては、そうではなかった。

勝太郎は淋《さび》しそうな顔つきだが、おしゃれというか、魚釣りにも絣《かすり》の着物で行くという、恰好をつける男でもあった。そして、一人息子だからしっかり鍛え上げると、行男にきびしかった。失なった男の子四人分への愛情ならともかく、四人分の期待だけを行男に背負わせて。

それも、ただ躾《しつ》けるというだけでなく、使い走りなど、容赦なくやらせた。行男は勝太郎にとって「家の宝」であるというより、何より手近で便利な召使いであった。勝太郎の煙草《たばこ》が切れそうになると、行男はその気配を察して、すぐ買いに走らねばならぬ。さもないと、足を蹴られた。

口答えでもすれば竹刀《しない》で叩《たた》かれ、あるいは水がめに頭を突っこまれた。

止めに入れば、勝太郎はなお逆上するし、サカエはうろうろするばかり。

それでも、行男は勉強のできる子であり、小学校は首席で卒業。西条中学へ進んだ。

松平家陣屋跡に建つ西条中学は、鴨《かも》などの泳ぐ緑濃い水をたたえた堀に面し、昔ながらの木立や門などあったりし、落着いた感じの学舎である。

その一方、当時の生徒は成績順にクラス分けされ、各教室でも、成績順に席が決まり、各列の最後尾には、その列で最も成績のよかった生徒が列長として坐《すわ》る。効率のよい進学塾のシステムでもあった。列長章を胸につければ、女学生にもてるなどといわれ、そのため、行男はひそかに想《おも》いを寄せていたある女学生も自分を好いてくれていると思いこんでいた。

行男は各学年を通して、列長を続け、とくに数学と理科が得意であったが、一方、剣道もやり、庭球部では、全四国で優勝歴のある部の主将をつとめた。

文武両道というか、頭のよいスポーツ少年であり、当時の同級生たちは、口を揃《そろ》えて、「負けん気だし、リーダー向きだった」と語る。

ただし、そのリーダー向きの行男が、京都・奈良への二泊の修学旅行には参加しなかった。

「どうして行かんの」

と訊《たず》ねに行った同級生に、

「病気してるの」

というのが、サカエの返事であったが、

「えらかろうか。修学旅行せんと、ほんとは勉強しとるんや」

同級生たちは噂《うわさ》し合った。実はそのどちらでもなく、「ちゃんとした服装が整わなかったから」と、後で行男が明かした。

行男はもちろん進学志望であった。それも、東京の一高か岡山の六高（いずれも旧制）へと、望みは大きい。

だが、父勝太郎は反対した。

「広島か東京の高等師範へ行け。官費で勉強できるんや」

と。

親が一人息子に「教職に就け」とすすめた点でも、結局、広島県江田島の海軍兵学校へ進んだ点でも、これまた中津留達雄と共通している。

ただし、中津留は海が好きで兵学校を選んだのに、関行男は、「兵学校は一高と同程度に入試が難しい。だからこそ挑戦したい」というのであった。

兵学校では、江田島の中に在る古鷹山《ふるたかやま》登りが、敢闘精神をも鍛える恒例の行事だが、その山頂に立つと、「いつも西条の方向に向かい、母上のことを思い出す」と書き送っていた西条。

その西条へ関は休暇で帰省し、久しぶりに母サカエとの再会を楽しんだものの、例の女学生からは冷たい仕打ちを受けた。

森史朗著『敷島隊の五人』によると、関は鹿児島の七高からやはり帰省していた中学時代の友人に会って話していて、友人の妹がその女学生と親しいことを知り、これこそ天のお導きと、思いをこめて手紙を綴《つづ》り、届けてくれるよう頼んだ。

ところが、その女学生は街ですれちがっても相変らずよそよそしかった上、託した手紙は封も切らず、その場で破り棄《す》て、むしろ七高生が好ましいと明かした旨《むね》、報《しら》される。

せっかく短剣を吊《つ》るしたスマートな姿で帰ったのに、その女学生は、

「あの姿は好かん。軍人は嫌いや」

はっきり言った、という。

関は気落ちして江田島へ戻り、悶々《もんもん》とした思いを日記に書き綴った。母を含めて、そのことを話し合えるような相手は無く、せめて書くことで鬱憤《うっぷん》を晴らす他なかった。

それ以前にも、「デスク点検」に来た一号生徒（最上級生）に女々しい日記が見つかり、たるんでいるというので、関だけでなく同じ分隊の同期生全員が並ばされ、最上級生たちに総がかりで殴られるということもあった。

同期の仲間全員を巻き添えにしただけでなく、失恋の悲しみもあって、関はいよいよ自分の殻の中に閉じこもって行くようになる。

もちろん、そうしたことと直接関係は無いにしても、関がきびしい最上級生になり、下級生へのしごきが尋常一様なものでなかった証拠のように、関の去った後の兵学校で、関と同じ西条中学出身というせいだけで、よけいな制裁を受ける後輩もあった、という。

昭和十六年にかかるころ、関の父勝太郎の喘息《ぜんそく》がひどくなった。このため、以前よりは気弱になっていたが、「病気について行男に報せるな」と、その点はきびしかった。

このためサカエは、勝太郎が危篤《きとく》になってから、ようやく行男に連絡、行男はかけつけてきたものの、間に合わなかった。

もちろん店は閉じる他なく、サカエは知り合いの家に間借りし、親類から餅米《もちごめ》を融通してもらって、草餅をつくって売るなどして、細々と暮らすことになった。

一方、関は高松宮臨席の下での卒業式を終わり、少尉候補生として、まず戦艦「扶桑《ふそう》」に乗り、ついで水上機母艦「千歳《ちとせ》」の乗組みとなり、ミッドウェー攻撃ではその後方を固め、さらにトラック泊地などへ出撃していたが、横須賀へ寄港したとき、若手士官向きの料亭で、一歳年下の芸妓《げいぎ》を知った。昭和十七年初夏のことである。

関は二十歳。そして少尉に任官して間が無い。

年齢もほぼ同じ、初々《ういうい》しさも似ているということもあって、関は久しぶりに心を開いて話し合える相手にめぐり会った思いで、機会をつくっては、会いに通った。

やがて関は飛行学生として、霞ヶ浦航空隊に入ったが、一泊できる外出のときには、霞ヶ浦からはるばる横須賀へ芸妓に会うため通い続け、その上で求婚したのだが、これも稔《みの》らなかった。

初々しく見えた芸妓に、旦那《だんな》がついていたのである。それは、若い本人同士の気持の高まりなどではどうしようもない障壁であった。

関は二度目のショックを受けたわけだが、しかし、このときには絶望的にならずに済んだ。心の慰めになる姉妹というか、家庭と親しくなっていたからである。それも、偶然というか、皮肉なことに、その芸妓の居る横須賀のすぐ手前、鎌倉の丘の上で。

きっかけは、見知らぬ少女が贈ってくれた慰問袋を艦隊勤務していた折の関が受け取り、義理がたいところもあって、お礼を言いに訪ねて行ったことである。

贈り主の次女だけでなく、姉の満里子、それに両親までが歓待してくれた。

『敷島隊の五人』によると、実業家であった一家の主が、〈関の強引ともいえる強い性格を愛し、その青年らしい直情をかえって好もしいものと受けとめていた〉ということで、関が去るのを見送った後、

「いまどきに珍らしい、感心な青年だ」

と娘たちに話して居た由《よし》で、つまり、一家が心を開いて迎えてくれ、関としては生まれてはじめての一家団欒《だんらん》の楽しさ、あたたかさを知り、姉妹の屈託の無さに明るい気分にもなれるのであった。

その後、関は中津留たちと共に実用機教程をこなすため宇佐航空隊に居た期間もあったが、中津留が宇佐にとどまったのに対し、関は霞ヶ浦航空隊の教官になった。

そして、昭和十九年春のある日、鎌倉に訪ねて行き満里子に求婚する。満里子も親たちもおどろいたが、「強引さ」を評価してきただけに、結局はその強引さに負ける形で、結婚を承知することになった。

ところが関は、同期生五人との約束で、六組の合同結婚式を芝の水交社で挙げることになっていると言い、一家はさらにその強引さに押し切られてしまう。

一方、はるか四国の西条では、関の母サカエがおどろくとともにというか、よろこび以上に当惑することになった。

家柄というか、暮らし向きが余りにも違いすぎる。違いすぎて、とてもうまくつき合えないのではないか。

このため、

「うちと格式がちがう、ちがう」

と、つぶやくばかりだったと、関の同級生たちは当時のサカエについて言う。

いや、そうした先行きのことよりも、式のためとはいえ、上京すること自体がサカエにとってはそれまで経験したことのない大旅行である。

華やかな式場や集いへ出ることは、考えただけで頭が痛くなるし、それより何より着て行く物が無い。

自分の持ついちばん上等な着物を持ち、そして、心身ともに疲れ切って上京した上で、その着物を見せると、「とんでもない！」と言われ、先方の親類の式服を借り、それでようやく――という有様であった。

式が終わると、サカエは引きとめられるのも断わり、四国へ戻った。帰っての話では、一日一日が息苦しかった、と。

しかし、息子の選んだのは、よい嫁であった。

やや下ぶくれ、やさしい感じの器量よし。

それに、土浦の士官宿舎で新婚生活に入ったあとも、お嬢さま育ちに似合わず、よく気がつき、飛行学生たちが来ると、手に入る限りの材料をうまく使って手料理をつくり、振舞った。

このため、学生たちからはうらやましがられ、関は関でさらにその幸せを見せびらかすように、学生たちの前で、満里子の膝《ひざ》を枕《まくら》に横になったりもした。

それは、ときに非情にさえ思われた関が、珍らしく見せた人間的というか、日常的にくつろぐ姿であった。

それが束《つか》の間《ま》のもの、花びらのように間もなく散るであろうことを、すでに感じとってでもいたかのように、幸せに酔って見せる姿でもあった。

連合艦隊司令長官山本五十六は、開戦三ヶ月前、首相近衛《このえ》文麿《ふみまろ》から、日米が戦いとなった場合の海軍としての見通しを訊《き》かれたとき、

「やれと言われれば、一年や一年半は存分に暴れて御覧に入れます。しかし、その先のことは、まったく保証できません」

といういかにも山本らしい、答え方をしていた。

その答の前半はいいが、後半が後に問題になった。

たとえ「負ける」は禁句であったとしても、日本の存亡にかかわることであり、敗北の可能性が極めて高く、開戦後は戦争終結を急ぐべきだと、なぜはっきり言わなかったのかと、批判を受けることになる。

山本の見通しは正しく、日本海軍が「暴れ」たのは、たしかに一年か一年半で終わり、経済力の差もあって、あとは押され気味というか、敗北につぐ敗北を重ねて行く。

アメリカはまず中部太平洋を北上し、日本に迫る作戦を立てたが、マッカーサーの強い主張もあって、フィリピンから沖縄へとさかのぼる二正面作戦へと移ろうとする。

そして、前者では、昭和十九年初夏に、テニヤン、サイパンなどマリアナ諸島への本格的な攻撃に入った。

これに対し日本側は、虎《とら》の子の機動部隊を繰り出し、一気に勝負を決めようとしたが、逆に大きな敗北をし、真珠湾に第一弾を投下したあの高橋赫一少佐の乗っていた「翔鶴」など空母三隻《せき》を撃沈された。姉妹のように随伴していた「瑞鶴」なども、被弾。なお、これより先、高橋少佐は昭和十七年五月の珊瑚《さんご》海海戦で戦死している。

この前後、テニヤン島に居た予科練出身のある搭乗員の手記（井上昌巳『一式陸攻雷撃記』）で何より印象的なのは、日米の圧倒的な戦力の差でありアメリカ側が十分な余裕を残して一方的に攻め立てている、ということであった。

たとえば、当時テニヤンは日本の信託統治領であり、島民や民間人が数多く居たため、アメリカ軍は毎日、幾度となく投降を呼びかける。

それも、ときどき機銃口近くにマイクを近づけ、大音響にしてみせるなどという半ば遊びの感覚で。

加えて、「投降安全保証券」付きのビラなどを、しきりに空中撒布《さんぷ》するが、そのビラでは、アメリカ軍の膨大な資材集積現場の写真を掲載する一方、「偉大なる生産は、偉大なる精神力を要す」という説明までつける。つまり、アメリカの物量の力は、精神力の発揮でもあると、精神主義だけの日本をからかう。

もっとも、伊豆大島ほどの小さなテニヤン島に、二十万発以上、一坪当たり七発の砲弾を撃ちこんでのことで、日本軍の抵抗はすさまじかったものの、勝負ははじめからついていた。そして、この種の戦場が各地へ次々とひろがり、日本は押される一方という雲行きであった。


霞ヶ浦で、関は相変らずきびしい教官であった。

「ミスを二度とくり返すな！」

と、関は大声でどなりつけるが、その荒々しさは、同じ身分の者たちにも向けられた。

後に宇佐では中津留大尉《だいい》が同じ階級の山下博大尉に殴られるが、霞ヶ浦で関は学生長である中尉を学生たちの目の前で殴った。いずれにせよ、許されぬことであった。

とはいえ、そうした関にも、このころには変化が見えてきた。

話し合っている学生たちの中に、ふいに割りこむというか、おどりこむ。

そして、予備学生たちから高校（旧制）や大学生活の思い出を、あれこれ訊き出して、笑ったり、うなったり。

一高などへ進みたかったというかつての思いも残っていたのであろうが、そういえば関の荒々しさには、気負いというか稚気に近いものもあり、旧制高校生の蛮カラぶりをも連想させた。

花びらの幸福は、わずか半年ほどで終わることに。

いや、半年というのは、戸籍上のことで、新婚三ヶ月で、二人は永久に会えなくなった。

昭和十九年九月、関は台南の練習航空隊へ教官として赴任するよう命令される。

時代が時代であり、そこは前線基地でもあるが、台湾は日本の領土であり、かつ練習航空隊勤務というので、満里子にはそれほどの危機感はなく、むしろその程度でよかったと、自らを慰めもした。

そのせいもあり、また一日でも多く幸せな日をとの思いから、波止場での別れはつらいはずなのに、出発当日は二人で横浜航空隊の波止場へ出た。

飛行艇での赴任とあって、年輩の上級士官が多い中で、新婚の二人の姿は目をひいた。

当の二人は、その視線を気にするというより、むしろ誇らしく受けとめていた。

ところが、乗るべき飛行艇の調子がわるく、時間は延々と経《た》ち、ついに、この日は欠航し、翌日あらためて飛ぶという。

そのことを報《しら》されたとき、満里子は手を叩《たた》いてよろこび、またまたまわりの視線を集めた。

それにこりたわけでもないが、やはり二日続けてはと、さすがの関も気がひけ、次の日は見送りに来させなかった。

横浜桟橋を出て離水した九七式飛行艇の中で、京大経済学部から予備学生となった椿《つばき》孝雄という士官を知ったが、その椿がたまたま関の出た西条中学の同期生と友人ということがわかり、途中の中継地である鹿児島では一緒に上陸し、関の誘いで同じ宿に泊って飲んだりする。

森史朗『敷島隊の五人』は、その椿から見た関の日本での最後の姿を伝えている。

関は高校・大学時代の様子を椿からも聞いたあと、予備学生の目から見た海軍航空隊についての感想をしきりに知りたがり、それもかなり批判的なことを言っても、顔色を変えることなく聞いてくれ、その大人びた雰囲気に、結婚するとこうなるのかと、椿は感心したという。

その一方、偶々《たまたま》近くの飛行場で、零戦《ゼロせん》が着陸に失敗して爆発したことを知ると、関は、

「何だ、下手くそな奴《やつ》だな」

そこで椿が、

「関大尉はお上手ですか」

と訊くと、

「ああ、俺の腕の右に出る者はおらんぞ」

関は堂々と言い切った、という。

そうした関のことである。教官生活には不満であった。たとえ外地に出たにしても。ところが、関のそうした不満が通じたかのように、台湾にはわずか三週間居ただけで、フィリピンはルソン島中部のマバラカットという大きな基地へ出ることになった。かねて志望の最前線の実戦部隊というので、関は勇み立ったが、またまた不運というか、不満がついて廻った。

配属先は、関が取り組んできた艦上爆撃機ではなく、零戦部隊。

勝手が違い、敵機が来襲しても、迎撃に飛び上ることもできず、壕《ごう》に入ったり、空《むな》しい思いで空を見上げているばかり。

そうした精神的な不満に加え、もともと腸が弱い体質であったため、気候や水が体に合わず、下痢続き。肉体まで半病人に近い状態になってしまった。

そこへ突然、出頭命令があり、階下の士官室へ行ってみると、副長の玉井浅一と参謀の猪口《いのぐち》力平から思いもかけぬ打診をされた。

いや、打診というより、むしろ命令に近い。

二五〇キロ爆弾を装着した零戦の編隊を指揮し、レイテ方面のアメリカ機動部隊めがけて、はじめての体当たり攻撃を決行せよ——というのである。

さすがの関も、すぐには答が出ない。これまでに、

「圧倒的に優勢なアメリカ艦隊に対しては、もはや一機必中で行くしかない」

という意見を吐く上官も居たが、その一方、台南航空隊で、予科練出身の下士官・兵を対象に、後に「桜花《おうか》」と呼ばれる開発中の人間ロケット弾の乗員募集が行われるに当たって、司令は、「親一人・子一人の者」それに「長男」、さらに「妻子ある者」に退場を命じた上で、「志願者は申し出るように」と、説いた。

ということでいえば、「親一人・子一人」しかも「妻帯者」である関には特攻に起

用される資格は無いはず。

しかも、まだ赴任早々である上、もともと艦爆乗りであり、零戦そのものに馴《な》れていないし、その編隊を指揮したこともない。また、部下とも全くと言ってよいほど、馴染《なじ》みがない。

その上、下痢続きで衰弱し、休んでいるところを、深夜起こされ、呼び出されてのいきなりの発令である。

当惑というか、混乱。迷いというか、疑念もあって、とっさに「はい」とは答えられない。

そのあげく、ようやく、

「一晩考えさせて下さい」

と答え、ひとまず粗末な寝室へと戻った――というのが、後になってわかった真相のようである。

ところが、当の幕僚たちの書いた本によると、まるでちがう。

〈関大尉は唇をむすんでなんの返事もしない。両肱《りようひじ》を机の上につき、オールバックの長髪を両手でささえて、目をつむったまま深い考えに沈んでいった。身動きもしない。

――一秒、二秒、三秒、四秒、五秒……

と、かれの手がわずかに動いて、髪をかきあげたかと思うと、しずかに頭を持ちあげて言った。

「ぜひ、私にやらせてください」

すこしのよどみもない明瞭《めいりょう》な口調であった〉（猪口力平・中島正著『神風特別攻撃隊』）

そして、そのあとは文学的な表現で、

〈急に重苦しい雰囲気が消えた。雲が散って月がかがやき出たような感じだった。それから三人は今後のことを語りあった〉

とし、さらに玉井副長は関と〈なおしばらく話しあっていた〉と記されてはいるが、

ふしぎなことに、

〈しかし玉井副長は、かれの身のうえに関しては深くたずねようとはしなかった〉

と。「親一人・子一人」であり「妻あり」であったのにという後世の非難をかわすためでもあろうが、それにしても、「死んでくれ」と命令するに当たって、かんじんのことを訊《たず》ねない上官とは、いったい何者なのであろう。

もっとも、関大尉が決意した直後の光景として、大西司令長官の副官門司親徳《ちかのり》は『回想の大西瀧治郎』で、次のように伝えている。

深夜、大西中将が階下へ降りて行ったので、門司副官は急いで半長靴《ちょうか》をはき、上着

をつけて降りると、士官室兼食堂には、大西中将と猪口参謀、玉井副長、指宿《いぶすき》正信大尉、横山岳夫大尉と、〈もう一人の士官〉が坐《すわ》っていた。〈髪の毛をボサボサのオールバックにした瘦《や》せ型の士官〉であった。猪口参謀がその士官に向かって、〈「関大尉はまだチョンガーだっけ――」〉と訊く。これに対して、関は、

〈「いや」

と言葉少なに答えた。

「そうか、チョンガーじゃなかったか」

と猪口参謀がいった。この人が決死隊の指揮官に決められたのだなと思った。そして、この会話で、今度の決死隊が、ただの決死隊でないことを悟った。関大尉は、

「ちょっと失礼します」

といって、われわれの方に背を向けて、もう一つの机に向かって、うす暗いカンテラの下で何かを書きはじめた。みんな黙っていた〉

関大尉には同室者があり、翌日早朝の出撃とあっては、遺書でさえそうした場所で書くしかなかったのか、と。

関が退出したあと、幕僚の間で、「格別のことだから、隊名をつけよう」というこ

とになり、「神風隊」の名を考え、別室の大西長官へ報告すると、大西長官は「うむ」とうなずいたと、猪口・中島の共著は記すが、大西は東京ですでに軍令部の源田実参謀などから、その隊名を示されていた。また「神風特別攻撃隊」という総称だけでなく、とりあえず本居宣長の歌に因《ちな》んでの「敷島」「大和」「山桜」など各隊の隊名まで告げられていた、というのだ。これに対しては、出撃機数も確定していないのに、そこまで命名するはずはないとの異論もあるが。

おかしな話は、大西自身にもあった。

特攻出撃案を大西が持ち出したとき、基地の司令が不在であったため、玉井副長たちが「司令の意向を訊かなくては」と、ためらったのに対し、大西は、「すでにマニラで司令に会い、了解を得ている」と、突き放した。実際には会う機会などなかったのに、事を急ぎたい気持のせいであろうか。

合点の行かぬ話は、まだある。

転勤早々の艦爆乗りである関を呼ぶ前に、もともと戦闘機乗りとして腕ききであり、部下たちをよく知っている指宿大尉などに命じるべきで、事実、玉井副長はまず指宿を呼んで話した。

「よろこんで」とは言わぬまでも、引き受けて、これはと思う部下を選んで任務についてくれると思ったところ、指宿に辞退され、諦《あきら》めてしまう。任務の重さを考えるなら、いわば専門もちがう新参者に頼むことではないのに。ここでも関は結局、不運な籤《くじ》を引かされた形であった。

いずれにせよ、こうしたこともあって、ふつうなら指揮官をまず決め、その指揮官が率いて行く部下を募るなり選ぶのが順序なのに、それが逆順になり、副長たちは先に予科練出身者など下士官たちを集合させ、体当たりへの応募者をつのっていた。

これに対しても、全員がすかさず、

「行かせて下さい」

と声をあげたと、副長たちは伝えるが、これもおかしい。

押される一方の戦況から、若者たちが危機感や焦燥感を抱いていたとしても、いきなり「明日にでも死ね」と言われて、即答できるわけがない。

すぐには声が出ない若者たちに、幕僚たちは、

「行くのか、行かぬのか」

と、声をはり上げ、はじめて全員応募したというのが、真相のようである。

昭和十九年十月二十日朝、出撃待ちの特攻隊員たちへの大西中将の訓示は、心をこ

めたものであった。

「日本はまさに危機である。しかも、この危機を救いうるものは、大臣でも、大将でも、軍令部総長でもない。もちろん自分のような長官でもない。それは諸子のごとき純真にして気力に満ちた若い人々のみである。したがって、自分は一億国民に代わって、みなにお願いする。どうか成功を祈る」

命令するというより、頼む、お願いするという形で話しはじめ、

「みなはすでに神である。神であるから欲望はないであろう。が、もしあるとすれば、それは自分の体当たりが無駄ではなかったかどうか、それを知りたいことであろう。しかしみなはながい眠りにつくのであるから、残念ながら知ることもできないし、知らせることもできない。だが、自分はこれを見とどけて、かならず上聞《じょうぶん》に達するようにするから、安心して行ってくれ」

と結び、もう一度、「しっかり頼む」と、くり返した。

大西が司令長官である一航艦（第一航空艦隊）と、同期生の福留繁がやはり長官である二航艦（第二航空艦隊）が、機数の減少などから合流することになったとき、大西は自ら退き、福留を長官に推すなど、私心の無い人であり、ただただ凜《りん》としているだけではなかった。

訓示の後も、隊員一人一人の目をみつめて、声をかけた。

ただ、この日は悪天候のため、出撃は翌日に持ち越されたが、そのおかげで、取材にかけつけた同盟通信特派員の小野田政は、関大尉に会え、その本音ともいうべき最後の言葉を聞き取っている。それは、

「日本もおしまいだよ。ぼくのような優秀なパイロットを殺すなんて。ぼくなら体当たりせずとも敵母艦の飛行甲板に五〇番（五〇〇キロ爆弾）を命中させる自信がある」

という無念の言葉であり、そのあと冗談めかしてだが、

「ぼくは天皇陛下とか、日本帝国のためとかで行くんじゃない。最愛のKA《ケーエー》（家内）のために行くんだ。命令とあれば止《や》むを得ない。ぼくは彼女を護《まも》るために死ぬんだ。最愛の者のために死ぬ。どうだすばらしいだろう！」

と言い、さらに、

「ぼくは短い生涯だったが、とにかく幸福だった。しかし、列機の若い搭乗員は……」

と、花びらのような幸福さえ味わうことなく死んで行く部下たちのことを思いやる。

そんな関と別れたあとも、小野田特派員の耳から消えぬつぶやきというか、悲痛なぼやきがあった。それは、

「どうして自分が選ばれたのか、よくわからない」

という当然過ぎるものであった。

適任者である指宿大尉《だいい》の辞退を許した不明朗さについては、前述したが、この間の経緯をも綿密に追っている森史朗『敷島隊の五人』もまた〈疑問は残る〉としている。

適任者は他にも居て、たとえば平田嘉吉《お》という歴戦の戦闘機乗りの大尉が居るのに、玉井副長はこの平田にも声さえ掛けて居らず、森氏もまた〈大いに疑問の残るところ〉と記している。

客観的に見ても、疑問だらけ。まして、当の関にとっては——。

しかし、翌二十一日に出撃はしたもののルソン島南部のレガスピーに不時着。二十二日、マバラカットへ帰投。続く二十三日、二十四日も、天候不良であったり、敵艦隊が見つからなかったりして、戻った。

そして、その度に、指揮官の関は、「申しわけありません」と頭を下げた。

総出で見送られ、帰らぬ旅に出たはずなのに、戻って来てしまう。それを三度もくり返すのは、死の苦しみに勝るものであったかも知れない。

どんな顔で、どういう思いで、また一夜を過ごせばよいのか。

だが、そうした関にとって、思わぬ慰めというか救いが、それこそ天から降ってきた。

十月二十二日の夕刻、戻った先のマバラカット飛行場へ、台南から重装備をした九九式艦上爆撃機(九九艦爆)三十四機を率い、江間保少佐が降り立った。

江間は、関が実用機教程を学んだ霞ヶ浦で教官を務めたこともあり、急降下爆撃の名手。それに「エンマ」と呼ばれたように、鬚《ひげ》を生やした豪傑タイプで、はっきり物を言う。しかも人情家。

あるとき、搭乗員を集めて、自由に話をする会を開こうとした矢先、司令から出席させてくれと頼まれたが、

「遠慮して欲しい」

と、きっぱり断わり、その一方、大きな出撃の前日には、細々としたところまで丁寧に説明するなど、部下にとっては申し分ない上官という評判であった。

偶然とはいえ、その江間がやって来てくれた。関にとっては、神の助けであり、鬚《ひげ》面《づら》が天使の顔にも見えた。

ふいに戦闘機乗りにさせられた上、二五〇キロ爆弾を抱えて敵艦に体当たりするというのは、ある意味では無理難題。急降下爆撃の極限をやらされるわけであり、その

点では、江間こそ、関にとって、いま誰よりも教えを受けたい先輩であったし、気持を落ち着かせてくれる話相手でもあった。

ただし、江間は機材も惜しいが、鍛え上げた搭乗員を失なうのは、もっと惜しい——という考え方の持主。

「爆撃で、とにかくやっつけて、帰って来い。体当たりなどは、どうしてもだめなときだけだ」

と、かねがね言ってきて居り、死ぬことが目的で旅立たされる後輩に向かって、どんなアドバイスができたものなのか。

もっとも、関にとっては、この夜会えただけでもよかった。二十四日夜には、江間はもはや話のできる状態ではなかったからである。

その日、敵機動部隊への爆撃を命じられた江間は、九九艦爆三十八機を率いて飛び立った。

大きな脚が出たままで、スピードもおそいし、旋回性能もよくない九九艦爆にとっては、味方戦闘機の掩護《えんご》だけが頼みというのに、戦闘機隊が隊長機のエンジン不調のため、随伴するのがおくれ、このため艦爆隊は待ち受けている数十機のグラマンの前に、丸裸同然の姿で現われることになり、上下左右から迎撃され、たちまち二番機三番機は火だるまになって墜《お》ち、江間機もまた、風防とタンクを撃ち抜かれて炎を噴き、真逆さまに墜落しはじめたが、江間は目のくらむ思いに耐えて機首を立て直し、その間、風圧のために炎の消えた機体を、さらに右に左に振るようにして飛び続け、ついに生還。

顔は煤《すす》に塗《まみ》れ、鬚は焦《こ》げ、仇名《あだな》どおりの「エンマ」の形相で、抱きかかえられるようにして降り立つ、といった有様であった。

そして、翌二十五日、関の指揮する五機は今度こそ戻らぬ出撃をし、海軍省公表によると、

「航空母艦一隻《せき》撃沈、同一隻炎上撃破、巡洋艦一隻轟沈《ごうちん》」

の大戦果をあげた。もっとも、米軍側の記録では、

「護衛空母一隻沈没、同二隻小破」

ということになっているが、米艦隊にとっては思いもかけぬ「自殺攻撃《スーイサイド・アタック》」であったため、狼狽《ろうばい》や混乱はひどく、一方、レイテ島で苦戦を続けていた陸軍部隊からは、感謝の無電が届いた。

こうして関大尉とその率いる敷島隊五人は、神風特攻隊第一号の栄誉を荷《にな》うことに

なった。関は二十三歳であった。

ところで、気がかりなことがある。

特攻編成が行われる前後だが、関大尉が士官次室で久納好孚と長門達という二人の中尉に、「足を開け」と命じた上で殴打するシーンが目撃されていたことである。

暴力による制裁は、海軍、とくに兵学校ではきびしく禁じられていたが、当時はもはや建前でしかなくなっていた。

それにしても、人目につくところで、士官が士官を殴るというのは、統率上からいっても、あってはならぬことである。

また、「足を開け」というのは、思いきり殴るから覚悟しろ、ふらつくな、と警告するわけで、何かのはずみで、軽く殴る、たしなめるため殴る、というのとは、ちがう。

いったい何があったのか、どういう事情あってのことかは、不明のまま。

ただ、わかっているのは、久納たち二人が大学出、予備学生出身であるということ。

久納は飛行機が好きで、学生時代から学生飛行連盟的なもののメンバーになり、羽田で飛ぶなどして、関よりは早く操縦技術をマスターしていた。

それだけでなく、ピアノも巧みに弾き、出撃前夜まで、基地内の洋館のピアノを借り、「月光」など弾いている。一方、長門中尉は彦根高商出身であり、愛知県生まれの久納と親しかった。

いや、久納は出撃に当たって、「機関銃も無電も不要、外して残して置く」と、強く言い張るなど、個性的というか、近代的な考え方の青年でもあったようだ。

いずれにせよ、関が三度も出撃・帰還を繰り返している間に、久納は関より四日早く出撃して、帰らなかった。

これでは、軍人としてのプロである兵学校出を神風第一号にしようとした目論見《もくろみ》が崩れてしまう。

久納機には、掩護機もつかず、戦果も確認されていないなどというせいもあって、そこで関の敷島隊に脚光を浴びさせた、というのだが……。また、長門中尉も十一月には出撃して帰らなかった。

いずれにせよ、濃いエメラルドの海に、若者たちは散りはじめ、さらに次々と散り続けて行く。

残される者の想像以上の悲しみを知ることもなく。

「天地がひっくり返る」という言葉がある。愛媛県西条でひとり暮らしをする関行男大尉の母、四十六歳のサカエを見舞った運命がまさにそれであった。

もっとも、それから一年余りで、サカエはもう一度、天地のひっくり返る手痛い思いをさせられることになるのだが。

当時、サカエの唯《ただ》一つの楽しみは、映画を見に行くことであった。

そして、唯一《ゆいいつ》の生甲斐《いきがい》であった息子行男の死を報《しら》されたのが、その映画館の中であった。

親類の小野勇太郎が駆けつけてきて、

「いま、ラジオの臨時ニュースで、神風特別攻撃隊が……」

その特別攻撃隊が何なのか、どんなに晴れがましい死なのかなど関係なく、サカエの耳に残ったのは、かけがえのない息子が戦死してしまった、という一事であった。

サカエはよろめくように映画館を出た。

そして、どこをどう歩いて来たか、全くおぼえのないまま、家にたどり着き、へたへたと畳に坐《すわ》りこんだ。

やがて、次から次へと人が訪ねてきた。

隣り近所の人、知り合い、親戚《しんせき》、そして、見も知らぬ人たち。町の内外から、いや全国各地から、次々と弔問客や団体が訪ねてくる。手紙や弔電はもちろん、供花や線香や香典などが、小さな家に溢《あふ》れ返り、客はもちろん、サカエ自身の身の置き場さえない。

当時はまだテレビも無く、ラジオも日本放送協会だけというので、まだしもよかったが、さもなければ、三日と経《た》たぬうちに、サカエは寝こんでしまうところであった。

そして、褒められても、慰められても、サカエの反応はただ一つ。放心したまま頭を下げ、さらに放心して行く。

「よくまあ倒れずに坐っている、という有様でした」

と、サカエの遠戚筋にあたる大西伝一郎はいまなお思い出す。

ラジオや新聞が戦果をくり返し、二階級特進した関中佐を「軍神」と賛《たた》えたおかげで、我が子の死であったものが、我が子の死でなくなってしまった。

サカエは一人っ子の死の悲しみに沈むよりも、「軍神の母」として振舞わねばならなくなった。

それは、女性の嗜《たしな》みとして、僅《わず》かに着物の襟に爪楊枝《つまようじ》をはさんでおくといった暮らしをしてきたサカエにとっては、気の遠くなりそうな日々であった。

各紙はまた、サカエ自身の言葉を含めて、関中佐の生前のエピソードを伝えていた。

〈模型飛行機が大好きな子で、その頃から兵隊になるんだと口ぐせにいつてゐました。一人息子ながら食物の好き嫌ひをいつたことは一度もありません〉

〈試験のときには枕《まくら》もとに眼覚し時計を置いて、六時になるとはね起きて勉強してゐました〉

別の新聞では霞ヶ浦航空隊の教官時代について、

〈「学生は兵学校の延長だと思へ、煙草《たばこ》も酒も飲むんぢやない」と命令し、それ以来自分の好きな煙草もやめて学生とともに精進を続けた〉

といった話も。

関は前年の春、帰郷し、西条中学全校生徒の前で、

〈人生二十五年で沢山だ、われ〳〵は地位も名誉もいらぬ、たゞ一死皇国に奉ずるのみ〉

との訓話をしたとのことだが、鎌倉に残された新妻満里子の言葉として、

〈淡々たる気持で死に赴くといふ性格の人でした、家では戦争のことは一切いはず、たゞ私の妹や弟を相手に子供のやうに遊びごとに夢中になつてゐました、戦死の模様

を聞いて主人の性格にピッタリ合つた最期《さいご》だと思つてゐる次第です〉

そして、最後のものと思われる関からの手紙も紹介されていた。

〈○○空に着任したが、また転勤で戦地へ行く、あまり慌《あわただ》しいので面食つてゐる、服類も靴もなにもいらぬ、永い間待望の戦地だ、思ふ存分頑張る覚悟だ、時局はいよ〳〵最終的段階に入り、戦局はます〳〵逼迫《ひつぱく》して来た、お前も自重自愛して働くやう、国の母親にもよろしく〉

特攻の話が出る前と思われるのに、まるで遺書同然の手紙であった。

サカエはそれらの新聞に幾度か目を通しはしたものの、感想など漏らすことはなかった。

そして、栄光の嵐《あらし》というか大波が退いた後も、有縁無縁の人々が思い出したように訪れ、どこかへ招かれたり、呼ばれたりも。

嫁の満里子が鎌倉から駆けつけてきて、あれこれサカエを助けてくれた。

そうなってしまうと、サカエも気を取り直し、新聞記者などが満里子に「何か一言」と詰め寄ると、中へ割って入り、

「こらえて下さい。三ヶ月しか一緒に居なかったので」

と、かばった。

「清楚《せいそ》で、きれいなお嫁さん」と満里子は評判になったが、それとともに、「ああいう人が、このまま後家さんでは気の毒」と言われるようになり、戦後のことだが、サカエも希望して籍から脱《ぬ》き、満里子は広島の医師と再婚した。

よく習ったきれいな字で、

「お世話になりました」

とのサカエ宛《あて》の手紙を最後にして。

関家の戸籍には、いま一人、女性の名があった。

行男は兵学校受験で一度失敗しているが、それは一人っ子のせいだと聞かされ、遠縁の少女を養子として、籍だけ入れて置いたのだが、勝太郎の死後、先方の希望で籍からも脱いてあったので、サカエは名実ともに一人暮らしとなった。

サカエの放心状態は、なお続く。

ときどき、不意に思い出したように「そんな筈《はず》は無い」などと独り言をつぶやく。

「見ていて、ほんとにつらそうでした」と、大西伝一郎は今でも顔を曇らせる。

戦時中とあって男手が足りず、秋ふけて、サカエも籾《もみ》干しを頼まれたりする。

だが、頼んだ人は安心できない。

籾を一面にひろげるまではよかったのだが、俄か雨《にわ》が降り、体を濡《ぬ》らしていても、サカエは一点を見つめたままで、籾を取りこもうとせず、せっかく干した籾を全部濡らしてしまうことがあったからである。

一方、表面には出なかったが、八千円の弔慰金も支給された。大学卒の銀行員の初任給が八十円ほどであった当時としては、かなりの金額である。

ただ、サカエはそのことでも、とくに反応はなく、しばらくしてからようやく、

「行男のために、りっぱなお墓をつくってやらにゃ」

と言い、実際に生活が苦しくなっても手をつけず、そのまま貯《た》めておいたが、戦後のはげしいインフレのため、結局、あまり役に立たなくなってしまう。

一方、農村地帯とはいえ、食料も自由に手に入らなくなった。

そこでサカエは、小野家から餅米《もちごめ》を二升ずつもらい、砂糖代わりに薩摩芋《さつまいも》をつぶして甘味にした草餅をつくり、売り歩くようになった。

戦局は急速に悪化しており、もはや「軍神の母」うんぬんと言われなくなったのはよいが、逆に行商仲間からいやがらせされたり、いじめられたり。

そうした中で、ときどき行男を思って放心状態になる。そのことだけは、いつまで経っても変わらぬサカエであった。

二

ここに二枚の写真がある。

その一枚では、薄手のセーター姿、長髪でスマートな感じの長身の男が、立ち昇る湯気の中、軽々と杵《きね》を振り上げている。

そして、いま一枚では、この男とその新妻を含め、三夫婦が輪になって、搗《つ》き立ての餅を並べている。

餅を搗く音、掛け声や笑い声が聞えてきそうで、見ているだけで、こちらの心まであたたかくなる光景である。

全員が二十代。

浮世のことなどどこかへ置いておき、念頭に在るのは、餅つきや正月のことだけといった三夫婦に見える。

だが、現実には、きびしい運命が間近に迫っており、それは三夫婦の背後の板塀を越して、その黒く巨大な顔をのぞかせていたはずであった。

時は昭和十九年十二月末。

場所は、宇佐海軍航空隊が民家を借り上げていた士官宿舎の一つ。

写真の家に住むのは、荒谷という軍医大尉《だいい》夫婦。そこへ隣人の脇田《わきた》教郎《のりお》主計大尉夫婦と、杵を振り上げた中津留《なかつる》達雄大尉夫婦が合流したもので、死神が狙《ねら》いをつけていたのは、もちろんこの中津留夫婦である。

中津留は、当時、日本海軍の持つ最新鋭の艦上爆撃機「彗星《すいせい》」のベテラン・パイロットであり、「地獄の宇佐空」「鬼の宇佐空」での指折りの教官であった。

それでいて、中津留その人は、「地獄」や「鬼」とは、およそ縁遠かった。

鬼教官はたしかに幾人も居たが、中津留大尉は殴るどころか、むしろ、その鬼の一人に殴られるのを、目撃されている。

体罰が日常のものとなっていた海軍だが、士官同士の体罰は、ほとんどない。部下の統率にも差し障《さわ》りが出るからで、このことは平和な現代に於《おい》ても、すぐわかるはず。どういう理由があろうと、人目のあるところで、課長が他の課長を殴るなどという会社があれば、取引き先や出入りの人たちの不信を買うだけでなく、会社の空気がおかしいということになり、その会社はまちがいなく倒産することになるであろう。

海軍では、少年兵は殴られ殴られて瘤《こぶ》と傷と痣《あざ》だらけの人間につくり変えられたが、士官が士官を殴るなどというのは、神様が別の神様を殴るようなもので、信じたくないことであった。

もっとも、この目にするはずのない光景は、すでに紹介した。特攻出撃を前にした関大尉が、予備学生上りの二人の中尉を殴った、という話である。

ところが、関と同期の中津留大尉は、兵学校で二期先輩ではあるが、階級は同じ山下博大尉に殴られた。

いずれも信じられぬ光景とはいえ、こちらの方が、さらに異常である。

なぜ山下は中津留を殴ったのか。理由は、山下が中津留に浴びせた一言に尽きる。

「きさま、軟弱だ」

中津留は、士官室横の撞球《どうきゆう》台の在る部屋から出てきたところであった。

しかし、撞球が「軟弱」なら、なぜその設備が海軍航空隊内に置いてあるのか。

英国を模範とし、その校舎も英国から運んだ煉瓦《れんが》でつくられた海軍兵学校では、生徒は英語力をさらに洗煉《ブラッシュ・アップ》させられ、多くの仕来《しきた》りが英国流であった。

とはいえ、中津留は殴られただけで、山下に対し一言も反論しなかった。

中津留の胸の中を臆測《おくそく》するなら、こうである。

殴るなら、殴れ。所詮《しょせん》、こちらとは世界が違う。撞球うんぬんは、その表われの一つでしかない。二人の世界が違えばこそ、山下は殴って来たのであって、争っても無駄。

次に山下が浴びせてくる文句は、見当がつく。

「いつまでも、だらんとした長髪をして」

頭部の保護のため、長髪は許されているのだが。さらにまた、山下は言うであろう。

「新妻とちゃらちゃらして」

新婚というだけでなく、中津留夫婦の仲の良いことは評判になっていた。

結婚する部下に、「中津留夫妻を見習うことだ」と、脇田大尉がきまってアドバイスするほどに。

それにはまた、宇佐航空隊の直井俊夫司令からの次のような示唆《しさ》が伏線に在った。

「たとえ短かく終わろうとも、結婚という人生の幸福を、少しでも味わわせてやるべきだ」

と。

結婚は夫婦の間だけの問題でなく、家の問題であり、家系が断絶しないようにと配慮される時代でもあった。

実は、山下大尉その人にも縁談が進んでいたが、生への未練が残るし、相手を悲しませるからと、山下は独身を押し通してきていた――。

そこで、中津留がもし何か反論でもすれば、山下はただでさえ大声なのに、さらに声を大きくして言うであろう。

「きさま、軍神の関と同期のくせに、何という情ない奴《やつ》だ」

と。

中津留は、たしかに関とは同期。昭和十三年十二月、海軍兵学校へ入学の七十期四百五十九名の仲間であるが、それだけではない。

昭和十六年十一月同校を卒業した後の少尉候補生の期間こそ、関は戦艦「扶桑《ふそう》」、そのあと水上機母艦「千歳《ちとせ》」に乗り組み、中津留は巡洋艦「北上《きたかみ》」、さらに駆逐艦「暁《あかつき》」乗り組みへと分かれた。

この「暁」は、昭和十七年十一月の第三次ソロモン海戦で撃沈されてしまうが、中津留は少年時代から泳ぎ達者であったおかげで、実に十六時間も漂流したあげく生還、帰国した。

そして三十九期飛行学生として練習航空隊へ。そこで偵察と操縦とに分かれるが、関も中津留も操縦へ。さらに、専修別となり、艦上爆撃機、艦上攻撃機、偵察機などの専修者は宇佐で、実戦用の飛行機を使っての最終の訓練を受けた。

その中、艦爆乗りは、五名。その僅《わず》か五名の中に、中津留と関が居た。

つまり、同期も同期、最後まで同期仲間であったのだが、二人がとくに親しくなるということはなかった。

短期間でも無二の親友になる場合もあれば、多年一緒に居ても肌が合わぬというか、馴《な》染《じ》むことのない場合もある。

中津留と関の間柄が後者であった。

それに、宇佐で二人一緒だったのは四ヶ月間のことで、昭和十九年一月末、関は教官として霞ヶ浦航空隊へ。

中津留も教官になったが、そのまま宇佐にとどまり、以後、手紙のやりとりも含めて、関との間にほとんど交流はなかった。

そして、九ヶ月後、いきなり同期生関の名が「連合艦隊布告」として、仰ぎ見る形で中津留の眼にとびこんできた。

「戦闘第三〇一飛行隊分隊長　海軍大尉　関行男」

続いて、四名の下士官、兵の名があり、海軍省公表と同様の戦果を羅列した上で、次のように結ばれていた。

「悠久ノ大義ニ殉ズ　忠烈万世ニ燦《サン》タリ
仍《ヨッ》テ茲《ココ》ニ其《ソ》ノ殊勲ヲ認メ全軍ニ布告ス
昭和十九年十月二十八日
連合艦隊司令長官　豊田副武《そえむ》」

このとき、中津留はどういう思いになったのであろうか。

関とは兵学校から練習航空隊へと共に歩み、さらにわずか五人の艦爆仲間として、宇佐へ。

教官となって宇佐にとどまった中津留とはちがい、関は霞《かすみ》ヶ浦《うら》へ、さらに外地へ出たとは聞いていたが、艦爆ではなく、爆装した戦闘機を率いての特攻とは、おどろきであったろう。

もっとも、中津留が艦爆乗りのままだから、特攻と無関係というわけには行かない。

フィリピンでは、次々と九九艦爆、それに彗星艦爆も投入されているからである。

関突入の十月二十五日、セブ島基地から発進の大和隊には、爆装零戦《ゼロせん》二機の他に、乙種予科練出身の国原千里少尉、甲種予科練出身の大西春雄飛行兵曹長搭乗の彗星艦爆一機も加わって居て、バダブ沖で突入している。

関の居たマバラカット基地にも、もちろん彗星艦爆が居て、同じ二十五日、乙種予科練出身の浅尾弘上等飛行兵曹、丙種予科練出身の須内則男二等飛行兵曹が搭乗突入している。

ただし、この機には、神風特攻隊に共通する隊名がついていない。

ということは、もともと通常爆撃の予定であったのが、被弾するなり、故障するなどして、搭乗員自らの意志で体当たりしたものなのであろう。

さらに関戦死の二日後、十月二十七日から始まる第二次神風特攻隊は艦爆主体。というより、艦爆編隊を直接掩護《えんご》する直掩機として、つまり戦闘機本来の空中戦闘のために零戦は随伴して居た。忠勇隊が彗星四機、義烈隊が彗星三機。

そして、やや旧式である九九艦爆が、純忠隊、誠忠隊、至誠隊、神兵隊、天兵隊に各三機。神武隊二機という編成で、レイテ湾、ルソン島東方沖、タクロバン沖などに散華《さんげ》。

この流れは十一月へと続き、第三次神風攻撃が始まり、三日間連続の突入。このときは零戦が主体だが、マバラカットから二度にわたってやはり彗星艦爆が加わった。並行して、第四次の神風攻撃が加わるが、こちらはやはり艦爆主体。ただし、使用機はすべて九九艦爆。

こうした旧型機まで繰り出す一方、特攻が始まってほぼ一ヶ月後である十一月二十五日には、当時の海軍航空隊の最新鋭機である陸上爆撃機「銀河」まで特攻に繰り出す。

乗員三名、五〇〇キロ爆弾二発を搭載でき、航続距離五三七〇キロ。戦闘機並みのスピードを持つとともに急降下爆撃も可能という高性能ではあるが、エンジンの不調も多く整備が難しいなどの問題もあった。

いずれにしても、もはや旧型・新型、艦上・陸上を問わず、爆撃機のすべてを投入しようとする雲行きであった。

もちろん搭乗員、とくにベテラン搭乗員の数も減ってきており、残る爆撃機、残る搭乗員の寿命は、先が見えていた。

その証拠に、各地の練習航空隊では、次々に卒業繰り上げが行われ、まだ未熟な生徒までが攻撃部隊に編入され、国内外の第一線基地へと移動させられて行く。

中津留のような実用機教程の教官も、もはや教育のためではなく、即戦力。それも極めて頼り甲斐《がい》のある特攻戦力として、動員されかねない――。

そうした時期での餅《もち》つきである。眼を凝らさずには居られない。

しかし、幾度見つめても、写真から受ける感じは、和《なご》やかというか、のどかでしかない。

では、なぜ、そうなのか。

情況はたしかに緊迫しているが、それはそれとして、中津留の側にそれをセッパつまったものとして受けとめない、あるいは受けとめたくないものがあったのではないか。

それも、神頼みや楽観論によるものではなく、中津留なりの見通し、あるいは心構えというようなものが、すでにできていたのではないか。

そこで私は、餅つき写真の中の人物、脇田主計大尉を鹿児島に訪ねて、思わぬ手がかりとなる中津留の言葉を聞いた。

時期がいつか、どういう会話の脈絡の中で出てきたのか、もはや脇田の記憶に無いが、それがいずれは特攻出撃させられる運命に在る士官たちの言葉の中で、新鮮というか、むしろ意外であったため、いまに至るまで脇田の耳に残っていたのであった。

その言葉とは、

「ぼくは死に急ぎしません」

中津留は薄く微笑しながら言った、という。

海軍では「ぼく」ではなく「自分」とか「私」と言うべきなので、私は、

『私』または『自分』でなく、『ぼく』でしたか」

と念を押すと、

「そういえば……」

脇田は小首をかしげたが、やはり「ぼく」という記憶のようだし、脇田と親しくしている中津留なら、そう言いかねない。苦労も気苦労もなく育ち、警戒心を持たぬため、つい、そんな風に語りかけてしまったのであろう。

この言葉、不用意なというか、当たり前の感想として片づけることもできる。

中津留は四月に結婚しており、新婚早々の妻保子を残し、むざむざ死ねるか、と。

いや、このとき、若夫婦は気づいていたかどうか。新妻は身ごもっており、女性として何より幸せで美しい季節の中に居た。

その妻、そして、いずれ生まれてくる子のためにも、むやみに死ねない、死にたくない。一日でも多く生きていたい。

特攻出撃を望まぬわけではないが、できる限りおそいほうがいい——

この種の、ふつうの人間が抱くごくふつうの思いが、まずあったであろう。

だが、親しい近所づき合いがあってのこととはいえ、科を異にする士官相手。それに、何より問題が問題である。

気張りもあり、警戒心もあるため、そのような思いを口にするはずはない。

私はまずそう思ったが、次に逆のことを考えた。相手が主計科士官であればこそ、世間並みととられるかも知れぬ感想を、あえて口にしたのではないか、と。

何故《なぜ》かといえば、脇田の人柄もあったであろうが、主計科は数字を相手にするだけに、航空隊の中で、最も冷静というか、世間の常識が残っている部署である。

その証拠に、兵学校はじめ海軍の各種教育機関の中で、最も多くの普通学科を組みこんでいるのが、海軍経理学校である。

主計科士官は戦闘中はその経過を記録するという任務もあるが、いずれにせよ、現実の動きを数字を通して冷静に記録し管理するのが任務である。

その意味では、気分が昂揚《こうよう》した航空隊の中に在っても、熱に浮かされず、世間そのものを代表する面があった。

それだけに、中津留は話の勢いで口を滑らせたというより、その形をとりながら、しっかりそのことを脇田に伝え残しておきたかったのではないか。

つまり、私的な感想を超えるものを、後に残る人たちに伝えておきたい、と。

その意味では、主語は「私」ではなく、「私たち」と言いたいところであったかも知れない。

ただ、部下たちの意思をたしかめたわけでない上、複数形を使えば、特攻そのものを批判し、一大尉の分際を超えることにもなりかねず、そこで、「私」の思いという形で言い残したのではないか。

そのように推測するのには、根拠がある。

ひとつは、艦爆乗りの先輩として信望を集めていた江間保少佐が、前にも触れたように、

「効果を考えれば、まず爆撃することだ。体当たりは、その後、考えればよい」

という考え方であった。

急降下爆撃機彗星《すいせい》は、銀河同様、量産機としてより、まず研究機として開発された最新鋭機。

それまでの九九艦爆がエンジン一〇〇〇馬力、最高時速三八〇キロ。二五〇キロ爆

弾を積んだのに対し、彗星は一四〇〇馬力、最高時速は五八〇キロに。そして、五〇〇キロ爆弾を積む。

その高性能をフルに活《い》かすため、それにふさわしい技量をと、江間の訓練はきびしいので評判であった。

そうした江間にしてみれば、それほどの高性能機と、鍛え上げた部下たちを、一回限りの体当たりで失うなど、とんでもない話というわけである。

それより、その高性能機とベテラン操縦員をくり返し活用することが、勝利へのたしかな道ではないか。

教官江間少佐のその考えは、中津留大尉《だいい》の頭に浸《し》みとおっていた。

ただ、江間は部下の面倒見もよく、そのおかげで、猛訓練に耐えられたのだが、中津留はその点はそのまま見習うというか、ともかく部下の技量、すなわち戦力を活かすことを考えた。

それは、部下を特攻に組みこむかどうかの岐路で、後に明らかになる。

「ぼくは死に急ぎしません」は、そうした背景あってのことだが、それでも当時の時勢の中では、親しくまた信頼している脇田が相手でこそ言えること。誤解されるのを恐れねばならぬ文句であった。

しかし、中津留は生来の屈託の無さに加えて、関とは対照的におおよそ人を疑わずに済む境遇で、のびのび育ってきた男でもあった。

中津留達雄は、大正十一年一月、九州津久見《つくみ》の徳浦に生まれた。最寄《もより》駅は日豊本線で大分から南四六キロの津久見駅で、そこから歩けば二十分余りの村である。

まわりには蜜柑畠《みかんばたけ》などがあるゆるやかな丘陵が続き、豊後《ぶんご》水道に落ちこむ。濃い紺青色《こんじょういろ》、それこそネイビイ・ブルーの海である。

気候は温和だし、夏半ばから秋にかけて台風が通り過ぎるが、とくに大きな被害が出たこともない。

その上、丘陵はセメント材料として良質の石灰岩の宝庫というので、小野田セメントが進出して、その主力事業所となった。

セメント価格では、運送費の占める割合が大きいが、津久見では、ほとんど陸上輸送抜きで船に積むことができ、安い船賃で東京はおろか、海外へ運んでも、十分採算がとれる。しかも、埋蔵量は百年から百五十年分ある、という。

父明《あきら》は、明治二十八年その土地に生まれた。

生家は名字帯刀を許された家柄で、石灰山で採石したのを大阪へ運ぶ回漕《かいそう》業を営んでいたが、明の生まれる前、女の子続きであったため、養子をとって家業を継がせており、このため成人した明は、一時、石灰石輸送船の船長なども兼ねていたが、やがてセメント会社の社員になった。

一方、母のヌイは臼杵《うすき》の商家生まれ。師範学校を出て、小学校教員。

田舎にしてはハイカラな縁組と評判になったが、夫婦円満。

やがて男児が生まれ、達雄と名づけた。

若夫婦は続いてまた男の子を儲《もう》け、文雄と名づけたものの、乳児のまま世を去り、以後は子宝に恵まれず、達雄は両親の愛をひとり占めする形で、のびのびと育てられた。

もっとも、昼間は両親が共働きで居ないため、達雄は幼ないころから夏になると、毎日のように海へ。大人たちがはらはらする沖合いまで、抜き手を切って泳ぎ出た。

もともと運動が好き。

とくに高飛びこみなど得意なせいもあって、大阪通いの汽船の甲板や、ときにはマストからの飛びこみをやってのけ、船員に喝采《かっさい》されたりした。

小学校を終え、臼杵中学に進んで間もなく、一家は堅浦《かたうら》に家を新築して移った。海の眺めが近く、ゆったりした造りの家であった。

こうして海の子として育った中津留達雄が、進学先として海軍兵学校を思い浮かべるのは、自然の成り行きであった。

上海《シャンハイ》事変などで軍艦や陸戦隊の動きが目立ち、建艦競争の時代に入って、大型の戦艦や航空母艦などが次々につくられて行く。中学では先生が、「元気な者は海軍へ行け」と、さかんに言う。

一方、両親としては一人息子のことであり、何とかして手許《てもと》に置いておきたい。

「どの学校へ進んでもいいから、海軍軍人でなく、先生になれ」

口を揃《そろ》えて言うのだが、気ままに、のびやかに育ってきただけに、達雄は主張を通してしまい、願書を出す。

兵学校の入学試験は、まず学科で一日また一日とふるい落とし、最後まで残った者に対して口頭試問があるが、これがまた、なかなかの難物だといわれた。

達雄がこれに対し、受験のための自分の心構えを書いたメモが、当時の受験参考書の中から見つかった。

〈五時起床
中津留達雄の最善を尽くさん
口頭試問
思ふことを堂々と話せ
試験官を試験するのだ〉

達雄の気性がそのまま出たメモである。〈堂々と話〉したせいもあってか、みごと合格。

その達雄が兵学校に入校してほぼ一年後、遠戚《えんせき》であり、母ヌイの小学校での教え子でもある得丸正信へ書き送った手紙がある。それは、〈永らく御無音に打過ぎ、誠に失礼、兵学校の吉野桜も満開で実に見事なものだ〉から始まり、中学三年生を終わろうとするその得丸に、〈四年にもなれば随分忙しくなるのだが、此《こ》れに処するには、自発自啓と旺盛《おうせい》なる気力あるのみだ。天才ならば兎《と》に角《かく》、我々凡人以下の者には、此の頑張りこそ唯一《ゆいいつ》の生命だ。確《しっか》り勉強してくれ給《たま》へ〉

まるで、自分自身のその時期を思い出すように語りかける。

次に練習艦「大井」での乗艦実習について、

〈軍艦の便所掃除だとか、或《ある》いは舷門《げんもん》の番兵とか、食卓の当番等余り宜《よろ》しくない勤務であつたが、軍艦生活は愉快なもんだ。勿論《もちろん》水兵の勤務のみやつたわけではない。我々兵学校生徒は、次に来る将校としての準備としての乗艦実習であるから、或いは編成、或いは構造、指揮系統の勉強もした〉

ただの水兵とはちがう教育を受けていることに触れるのだが、それに続けて、

〈ハンモックで寝るので、実に気持ちの良いものだ〉

とあり、さらに、

〈八時半に巡検だが、その前、甲板を散歩がてら歩いてゐると、ふと艦橋の上に月の掛つてゐるのが目に付いた。誠に別天地だ。「艦橋の月」とは何か聞いた様だ。己《お》れも一つ、詩でもよまうとしたが、をしい哉《かな》、愚才の頭なる故《ゆえ》、良い句が出来ない。唯《ただ》一人感じ入りながら、ハンモックに横たはつたものだ。ともあれ、軍艦旗の下に働く事の出来るのは実に男子の本快だ。永くなるので此れで止《や》める。君の御健闘を祈る〉

兵学校校庭の満開の桜花をよろこぶところからはじまり、わずかな手紙の中で、「愉快」とか「気持ちの良い」など。それに「本懐」のつもりであろうが、このころの彼の気分にふさわしい「本快」の言葉がおどっている。

次に、「父上母上へ」と出された手紙では、

〈厳寒の候も何時《いつ》しか過ぎ去り、春風駘蕩《しゅんぷうたいとう》の春を迎へんとするに当り、御両親とも益々《ますます》御壮健の由《よし》誠に此上無き事に存じ奉《たてまつ》り一意専心本分に邁進《まいしん》致し得べく候　不肖も益々頑健至極に有此、如何《いか》なる病魔も取り付くべき島なしと候〉

と両親を安心させた上で、今度は弟のように可愛《かわい》がっていた親戚の敏雄という中学生に対して、〈稚心を放棄して一意勉学に此れ勤むべく御伝言下され度候〉とした後で、その勉学をするためには、心身が〈安祥暢達《あんじょうちょうたつ》ならざるべからず〉であり、〈常に明朗に、適当なる運動を取り、勉強する様〉にとの伝言もつけ加える。

また、毛利元就《もとなり》の居城であった郡山《こおりやま》城を見学したらしく、あらためて元就の「和の精神」を学び、

〈目を同じうし、力を同じうし、心を同じうしたならば、千術ならざる物無し〉

と、将来の自分の在るべき姿も思い描いてみせる。

そして、父明にかねがね言われていたことを復唱し、安心させる。

〈御訓戒の如《ごと》く此の体は決して無駄事には使用致さず、亦《また》常々は最深の注意を払ひを
り候。勿論、戦闘に於《お》いて、陛下の股肱《ここう》として悔いざるべく修練は是非必要の事なれば、出来得るだけの鍛錬もなし、積極、消極の両方面より身心の鍛錬を致し居《お》り候間、ご安心下され度《たく》候〉

それは後に特攻の問題が迫ったときの中津留の態度を説明する言葉にもなる。

〈勉学の方も、最善の努力をなし、何等悔ゆる事なきも、何分にも大勢秀才の集まりなれば、一通の努力にては相適《かな》ふまじく候。されど常に明朗第一に愉快に勉強致し居り候間御安心下され度候〉

「明朗」とか「愉快」とか、難しい世になってもつとめて屈託なく生きようとするかのような、手紙の結びであった。

この中津留生徒が休暇で帰省するとなると、津久見では一騒ぎ。その腰に光る鎖で吊《つ》る形のよい制帽。蛇腹《じゃばら》のついた短かい上着。長く細いズボン。その腰に光る鎖で吊るした短剣——

当時の若者や女学生にとっては、憧《あこが》れの的の姿。

その上、中津留が筋肉質で長身、整った顔つきとあって、帰省の日時を聞き出して駅前で待ち、一目見るだけでなく、しばらくついて歩く女学生が、一人や二人でなかった。

兵学校卒業後の略歴については、すでに触れたが、その間、両親との間に、また一《ひと》悶着あった。

「海軍はよいとしても、飛行機乗りにはならないでおくれ」

何年か前には、海軍だけはやめておくれといわれたその海軍へ進んだが、達雄は今度もまた、それこそ「粘り」と「気迫」で、自分の意志を押し通した。

これからの海戦を決めるのは航空戦力——という彼なりの見通しあってのこと。いつか親にもわかってもらえる、と。

その達雄が昭和十九年一月、宇佐航空隊付教官となり、親たちもほっと一息ついた。

さらに、その三ヶ月後、仲立ちする人があって、木許《きもと》家の長女で四つ年下の保子を嫁に迎えることに。

父親は神戸で開業していた医者であったが、三人の子持ちなので、疎開《そかい》も兼ね、気候も眺めもよい津久見のすぐ次の駅「日代《ひしろ》」の近くに移り住み、公民館で開業していた。

達雄が休暇をとり、帰省しての結婚式。

当時としては珍らしい記念写真が残っている。

背景は津久見の八幡社《はちまんしゃ》。楼門《ろうもん》があり、その先に鳥居が二つほど続いて見えるところに椅子《いす》を置いて、目鼻立ちのはっきりした花嫁が坐《すわ》り、寄り添って士官の制帽制服姿の達雄が、白手袋の左手で軍刀を地に突き立て、国も妻をも守って微動もせずといった感じで立っている。

主計科士官だった川淵秀夫は、当時の中津留大尉《だいい》の印象について、

「部下に優しく、ハンサムだし、がっちりとして、まさに美丈夫《びじょうふ》という言葉がぴったりでした」

死語同然になっている表現を蘇《よみがえ》らせて言う。「美丈夫」とは〈美しい若者、美しく立派な男子〉(『国語大辞典』)のこと。

その新婚夫婦が津久見に来ると、手をつないで散歩する。田舎ではまたまた大騒ぎということに。

いずれにせよ、親の明たちは明たちで、さらに一安心。

これで達雄も少しは体も命も大切にし、かつての船のマストから飛びこむのに似た無茶なことは、もうしなくなるであろう――

祈りをこめてそう思うものの、不安がすっかり消えてしまったわけではない。

軍神となった関大尉、いや関中佐について、達雄は何も言わぬが、兵学校では達雄と同期のはず。

それに気になるのは、その関中佐も一人息子であり、嫁も居たということ。

当時は子沢山《だくさん》の時代であり、一人っ子や長男は危険な任務につけさせぬといわれていた。

それなのに、一人っ子であり妻帯もしていた関が、第一回の特攻隊長として送り出されてしまった。達雄も条件は同じ。

心配だが、気休めになることが、他にもあった。

関大尉は、零戦《ゼロせん》に爆弾を積んで飛んで行った、という話。

戦闘機だから身軽く突入できたのだろうが、息子は爆撃機乗りであって、戦闘機乗りではない。体当たりなど関係ないのではないか。

それにいま達雄の居るのは、外地ではなく、内地。それも古来、武神として崇拝を集めている宇佐八幡宮《はちまんぐう》鎮座の地である。「武運長久」の神様そのものが居られ、そのため、大東亜戦争が始まってからは、全国から参詣者《さんけいしゃ》がおそろしくふえているという。

「命永らえて帰ってくる」という霊験が信じられているせいである。

息子中津留達雄は他ならぬその地に居て、日夜、神託に守られて、霊験に身を浸《ひた》されて、暮らしている。

しかも、宇佐は津久見から日帰りもできる距離。日本列島の地図から見れば、ほんの隣り近所。

そこで教官をしているのだから、関大尉の置かれて居た状況とはまるで別世界。同じ運命をたどることになろうなどとは、まず、いや決して考えられない。あの達雄のことだ。いまごろは屈託なく嫁さんと宇佐の官舎で正月の支度でもしているだろう。

会って「特攻だけは志願するな」と言っておきたい。

いや、達雄の気性を思えば、言っても無駄。逆効果になるかも知れん。「海軍だけは」「飛行機乗りだけは」と頼んでいたのに、とうとう、その海軍の飛行機乗りになってしまったような達雄だから。

それに、いまは妻帯し、一人前の教官でもある達雄に向かって、「特攻だけは」などと露骨に口にできない。

その代わりというか、いずれ、こういうことにもなろうという予感からか、これまで明は達雄の顔を見る度に、忘れず言って置いた。

「無駄な死に方をするな。軍人だから、いよいよとなれば、身は国に捧《ささ》げなくてはならぬが、生きていても御奉公はできるのだから」

それは、達雄の耳に灼《や》きついているはず。いまは、そう信じる他はない。

いずれにせよ、そのうちこちらは定年。後はのんびり蜜柑《みかん》など育てて暮らすつもり。津久見の蜜柑は日本一うまいという評判だ。

そのため、いままで少しずつ土地を買ってきている。翁《おきな》と媼《おうな》になって暮らすときのために。

達雄が死んだ先輩や戦友に悪いというなら、こちらが八十八ヶ所巡りして、弔《とむら》って廻る。いや、頼まれんでも、ヌイと廻るつもりでいた。

明としては達雄に面と向かって言いたい。

他にいくらでもお国の役に立つことがあろうが。どうか、特攻だけは行かんといてくれ。いや、やはり言わんほうがいいのか。

もちろん達雄が同僚を相手に「死に急ぎしません」と言ったことなど、親たちは知らなかった。

理由こそちがえ、「急ぎません」ということでは通じ合うはずであったのに。

親子とはいえ、すべてを話し合うことなどなかった時代。近くて遠く、遠くて近い心の距離があった。

◇

中津留大尉ら三夫婦がにぎやかに餅《もち》つきしているころ、十七歳の私は母や妹、弟たちと「聖《きよ》し此夜《このよる》」などの讃美歌を歌っていた。外に漏れぬよう、小さな声で。

「あの捕虜の人たち、歌いたくても歌えない。かわいそうだから、代わりに歌って上げましょう」

と、母に言われて。

そのとき、私たちが住んでいたのは、少し先に桶狭間《おけはざま》古戦場を見下ろすゆるやかな丘陵地。春には野生のツツジが咲きみだれる灌木《かんぼく》や小松の生える一帯に、百五十坪から二百坪単位で造成された分譲地である。

名古屋郊外で別荘にもなるし、老後の住まいにでもと、父が三区劃《くかく》買い、とりあえず三部屋ほどの家を建てていた。

名古屋が空襲に見舞われるようになったため一家はとりあえずそこに移り、父は碁盤割りと呼ばれる旧城下町に在る店舗兼住宅へ通っていた。

ところが、すでに四十半ばというのに召集令状が来て、三重県に在る陸軍の連隊へ。

結局、母と私、中に二人の妹をはさんで、私より十歳年下の弟という家族構成になったが、子らをミッション系の幼稚園に通わせていたため、母もまた讃美歌の世界に馴《な》染《じ》んでいた。

では「捕虜の人たち」とは。

丘続きの北西の一劃に、開戦後間もなく捕虜収容所が建てられ、香港《ホンコン》とかで降伏したイギリス兵などが連れて来られて、毎朝、有松駅から専用の名鉄電車で熱田の車輌《しやりよう》製造会社へ作業に行かされていた。

白い顔、ピンクの顔、ブロンドや褐色の髪。背の高い大男が多かったが、揃《そろ》って動きが鈍い。

このため、監視役の日本の兵士たちは、大声でどなり、棍棒《こんぼう》で背や頭を小突き、軍《ぐん》靴《か》で足を蹴《け》ったりしていた。

それでいて、捕虜たちの動きは、何日経《た》っても変わらない。生来のものなのか、抵抗する気持があるのか、相変わらず同じリズムで動き、日本兵はまた一般人に恰好《かつこう》のよいところを見せようとでもするように、蹴ったり、声を張り上げたり、小突いたりし続けていた。

そうした目に遭い続けている捕虜たちが、聖夜をどう過ごしているのだろうか。はるかな異国にそれぞれ家族も居ることだろう。その家族への思いは……。

父を軍隊にとられているという点では、わが家も同じ。捕虜たちに代わって、そっと讃美歌を歌って上げましょう——。

それは、その前後の日々に比べて、まるで葉書の束の中に、一枚の絵葉書がはさまれたような夜であった。


戦争をしていても、こんな夜がある。

言葉には出せないが、私は母の思いつきが嬉《うれ》しかった。

日常の中の非日常というか、戦争が非日常なら、非日常の中の日常なのか。

士官三夫婦の餅つきの写真は、私にその「絵葉書」の光景を思い出させた。

それに偶然だが、当時の私は軍用機づくりの作業をさせられている毎日であった。

私たち名古屋商業学校生徒が動員されていた先は、大同製鋼築地《つきじ》工場。鋼材を各種航空機用エンジンの部品などに鍛造している会社であり、かなり危険の伴なう工程もあった。

大政翼賛型の商業学校の校長が、そこへ何も知らぬ生徒を進んで送りこんだ——という噂《うわさ》は、戦後になって聞いた。

級長であった私は、最初は工場事務所へ配置されたが、動員されて作業しているという感じに遠い。

居たたまれなくなり、製造現場への配転を強く希望。熱望した報いか、「熱間検査」なる現場へ廻された。

真赤というか白金色に近い高温になったクランク・シャフトを、熟練工がヤットコで挟《はさ》んで取り出し、私の足もとに放り投げる。

生まれてはじめて黒眼鏡を掛けた私は、それをヤットコで摑《つか》み上げ、上下左右と廻して、疵《きず》は無いか、歪《ひず》みらしいものは無いか、チェックした上で、鍛造機の熟練工に渡す。本来はベテランの検査工がやるべき仕事なのに、熟練工と熟練工の間を、素人《しろうと》同然の少年検査工がつなぐという形である。

いずれどこかで精密なチェックをするにしても、これでよいのかと、ときどき心細くなる。というより、悪いことでもしているような申訳ない気分になりながらの作業であった。

陸上爆撃機銀河や彗星《すいせい》艦爆といった高性能機がエンジン不調のため、その性能を発揮できなかった、いや、故障した、引き返した、不時着した、などという記録を戦後になって目にし、耳にする度に、私は首をちぢめたくなる。

もっとも当時、すでに罰は受けていた。中学生なのに、深夜作業もやらされて居《お》り、そこで私は、投げられてきた灼熱《しゃくねつ》のシリンダーを右足に受けて転倒、ズボンが炎に包まれるのを見ながら、気を失なった。

熟練工の投げ方が悪かったのか、私が定位置からずれていたのか。いずれは起る事故であった。

その痕《あと》は、五十七年後のいまも、文字通りの烙印《らくいん》となって、私の右踵《みぎかかと》近くに残っている。

もっとも私にとってショックだったのは、そうした自分の負傷よりも、当時の私の頭では考えられぬ事態が、前後して起ったことである。

たとえば、東海大地震、そして三河大地震。

前者のとき、私は夜勤日なので、桶狭間の家で一人仮眠していた。

その私をはね上げんばかりの激震で、立って居られず、歩くこともできず、四つん這《ば》いになってようやく縁側へ。ころげ落ちるようにして庭に出た。

別荘代わりであったため、家具などがほとんど無く、庭が広かったので、出てしまえば安全であり、私は庭の真中であぐらをかき、わが家が菱形《ひしがた》に歪《ゆが》んで、右へ左へと揺れるのを、半ばおどろき、日本家屋とは強いものだなと、半ば感心して見続けていた。親たちなら、揃って胆《きも》を潰《つぶ》していたであろうに。

結果は壁に幾本かの亀裂《きれつ》が出来、資材も人手も無い折から、一段と寒い冬を過ごすことになるのだが、家によっては潰れたり、あるいは強い余震を恐れて、庭に掘立小屋や藁《わら》小屋をつくり、そこで一冬過ごすという有様であった。

電車はもちろん不通。東海道という古来からの幹線道路も、大きく歪んだり、陥没したり。

そこを自転車で時間をかけ、ともかく名古屋の南端に在る工場へたどり着くと、大煙突などが折れたり倒れたりして、死者も出、作業など当分できそうにない。

私は腹が立ち、また悲しくなった。

「聖戦」をしているというのに、それに航空機生産など日本で一番大事な工業地帯だというのに、なぜ、こういう時期、この地を選んで。

日本に天佑神助《てんゆうしんじょ》ありと、かねがね聞かされてきたのに、天佑はあちらに、天災がこちらに。

これは違う。違いすぎて、もう言葉も出ない。

天災でこそないが、やはり予想もしなかった別の光景を、実は私はその二年半ほど前に見ていた。

昭和十七年四月十八日。私は名古屋の家に居たが、それまで聴いたことのない飛行機の大爆音が迫ってきたので、おどろいて窓を開けた。

とたんに、ほとんど眼の高さといった感じの超低空を、見たこともない中型の飛行機が翔《か》け抜けて行った。

何だこれはと思った瞬間、灰色の翼の下のブルーのマークを見、私はわが目を疑った。

円の中に、大きな星。米軍機のマークではないか。

ハワイを叩《たた》いたのを手始めに、マニラ、シンガポールなど攻め落とし、西太平洋は日本の海になっている。

その中を、白昼、米軍機はどこから紛れこんできたというのか。

たしかに米軍機のマークと見たが、やはり錯覚だったのではないか。それとも、演習用に米軍機風に仕立てた仮装敵機、あるいは標的機ではないのか。

だが、私の迷いは、すぐ消えた。

わが家の前は、市電の走る大通り。そこを名古屋城の在る北の方向に走ってきた市電が、スピードを落としたかと思うと、停止してしまった。

幾人かの通行人が立ち止まって、皆、北の空を見上げている。

つられて、そちらに目をやると、真黒な煙が空に溢《あふ》れんばかりの勢いで、立ち昇っていた。

やはり、空襲か。

私はあっけにとられ、また気落ちして、空が黒くなって行くのを見つめていた。

サイレン鳴らし、黒煙めがけ、消防車が走る。逆に、武装した兵士を満載したトラックが、煙を背にして出てくる。さらに、また一台。トラックで飛行機を追いかけるつもりか。

まさに慌《あわ》てふためいているが、冗談じゃない。軍はいったい何してたんだ——

その光景が瞼《まぶた》からまだ消えないうちに、二度の大地震に続いて、B29の編隊が、今度は堂々というか、悠々と名古屋の上空に現われるようになった。日本の高射砲が届かぬ高々度飛行だという。

かつては北の空を黒煙が蔽《おお》ったが、今度は高い高い空に、幾筋もの飛行機雲が白い尾を延ばして行く。

もちろん、こちらはただ仰いでいるのではない。退避命令が出、防空壕《ごう》に逃げこむ。

といっても、壕内だから安全ということはない。爆弾が鋭い不気味な風切り音を立てて近くに落ちたとき、壕は大揺れして歪み、潰れそうになったし、さらに別の爆弾が私たちの工場のすぐ横に落ちたが、偶々《たまたま》そこは運河であったため、命拾いした。いずれにせよ、それら爆弾の風切り音は、私たちの首を斬《き》りに来る音であり、怖さは、その場に居た者にしかわからない。

散々おびやかされたあげく、丘の上の家に無事戻ってくると、母や弟妹たちは、いつもと同じように話したり笑ったりしている。

頭では当然のこととわかっていても、こちらはついふさいだり、何でもないことに腹を立てたり。

思えば、大地震以来、いや初空襲以来、これまで教わってきたり報《しら》されてきたこと、まるでちがうことばかりが次々と起る。

これは一体どういうことか。神や天に試されているのか。いや、それにしても、あまりにもひどく違う。

軍が劣勢なのは、私たちにも責任があるのではないか。あんな老兵まで駆り出したりしてと、私は応召先の隊内で事務をとらされているという父の姿など思い浮かべ、いら立つ。

ラジオの大本営発表は、戦果はもちろん、「転進」とか「玉砕」とかをも、私たちを鼓舞するように、いつもと変わらぬ朗々とした声で伝える。

そうしたニュースを聞く度に、また神風特攻隊や予科練がらみの軍歌など耳にする毎《ごと》に、胸はうるみ、生半可な作業などしているより全身全霊で戦える地へ一日も早く――との願いは強まるばかり。

そうこうしている中、付近でやはり航空機生産をしていた愛知時計電機の工場が、集中爆撃を浴び、数百の男女学生が死んだ。

そこで、軍の責任回避というか、まとまったままでの犠牲を少なくしようというのか、空襲のあった時はむしろ工場から出て、自分たちの判断で安全な方向、つまりB29の飛行針路と別の方角へ逃げよ、という指示が出た。

このため、目をこらして上空を見つめていなくてはならず、しかし、そのおかげで思いがけぬ光景というか、一つの決定的な瞬間を目撃することになった。

B29の編隊が現われると、そのころは毎度のことだが、日本の戦闘機はほとんど姿を消し、警報が解除になった後、それこそ「押っとり刀」でといった風に、一機、二機と戻ってくる。

後からわかったことだが、戦力温存のため、いち早く安全圏へ退避していたというのだ。いずれにせよ、歯がゆく、腹立たしい限り。

ところが、そうした一日、いつものように我が物顔に進入してくるB29編隊に、単機まっしぐらに立ち向かって行く戦闘機があった。

こちらでは、「あっ」とか「おう」とかの叫び。驚きであり、励ましの声でもあるのだが、まるでその声が届いたかのように、戦闘機はそのまままっすぐB29に突き当たった。

次の瞬間、B29は翼をもがれたトンボ同然、翼と胴体に分かれ、それぞれ空中に舞いながら、落ちて行った。

「体当たりだ」と誰かがつぶやいただけで、しばらくは声が出ず、そのうち申し合わせたように手を合わせる。

そして、その感動が少しさめたところで私は、おれたちは続くことができるか、いや続かなくてはと、身震いする思いにもなるのであった。

◇

年が明け、昭和二十年に入ると、フィリピンのマバラカット、ニコルス、セブなどの基地からの特攻出撃が続いたのに加え、台湾東方に現われた米機動部隊に対しても、台中、台南からの零戦《ゼロせん》や彗星による特攻が行われた。

こうして特攻が一般化しようとする中で、二月十一日の紀元節。阿川弘之『雲の墓標』に四季の美しさも活写されている宇佐では、梅の花が香り高く咲き初《そ》めている中で、全隊員を集め、司令直井俊夫大佐の訓示が行われた。

そして、その中で、直井司令は思いもかけぬことを言った。

「いまや戦争に勝つということは考えられなくなった。軍人として名誉ある対処を静かに考えるべき時期が来た」

訓示が簡潔なものであっただけに、その箇所は隊員たちの心をゆさぶった。

海軍兵学校を前年春に卒業、七月に宇佐に来て九七式艦上攻撃機による訓練を受けていた長谷川薫もその一人で、後に『私の履歴書』の中に記す。

〈訓示が終わって我々は「司令は率直だったな」と語り合った。公式の席としては大胆な発言だったが、動揺はなかった。皆「軍人として死に場所を考える時が来たか」と改めて感じた〉

「必勝」以外の見方をうっかり口にはできぬ時代なのに、責任の重い立場に在る司令がそれほどはっきりした言い方をしてもよいものか、どうか。たとえ、特攻出撃のための心準備をさせておくという配慮があったとしても。

直井は異色であり、硬骨の司令でもあったが、そのために上層部と衝突し、軍令部参謀の身から宇佐へ左遷《させん》された、といわれていた。

もともと直井は日米開戦には慎重であり、米内光政《よないみつまさ》を尊敬。それだけに、東條に歩み寄った海軍大臣嶋田繁太郎《しげたろう》の写真が飾ってあるのを見て、

「シマハンの額を学生に拝ませるのはどうでしょう」

と、おろさせた。

また、連合艦隊司令長官豊田副武が飛行機で宇佐へ視察に来た際にも、飛行場へ着くというのに、一向に出迎えようとせず、部下たちにせき立てられ、ようやく指揮所から出る、という有様であった。

そして、夜は士官たちとの雑談の中で、

「カボチャが錦《にしき》を着てお帰りですか」

とつぶやいたりもしたと、いま鹿児島に住む脇田教郎は伝える。

その一方では、

「地上では搭乗員を大切にせよ」

と言い続けた司令であった、とも。

これに対して、山下博大尉《だいい》は「国難来《きた》る」が口癖であるばかりでなく、出陣に当た

っては、「国難来ル国難来ル」から説き起こし、「至道ニ在ル我等隊員ガ斉《ヒト》シク戦友トシテ何ノ晏如《アンジョ》タル」などと自他共にきびしく戒め、「敢《アエ》テ一書ヲモノシ諸官ノ猛省ト奮起トヲ促シ司令中心ニ神兵錬成ニ邁進《マイシン》セラレンコトヲ欲シテ已《ヤ》マザルヤ切ナリ」と結ぶ檄文《げきぶん》まで書いている。

こうした烈《はげ》しい気性もあって、山下は酒が入り、議論が熱してくると、中津留のような同じ階級の者だけでなく、上位の者まで殴ったこともある、という。

山下にしてみれば、国を憂《うれ》える一念に発してのこと。罰はおろか、何ものも恐れず、というところである。

ただし、飛行学生の入隊式で、教官たちは先任順で自己紹介をすることになっており、脇田が山下より先の筈《はず》なのに、山下は勘ちがいして飛び出し、

〈「艦攻分隊長山下大尉だ。徹底的に鍛えてやる。よーく見知りおけ」と割鐘のような大声で怒鳴った。解散後「気合を入れてやろうと思いつめているうち、出番を間違えて済みません」を繰返した〉

という面もあったと、脇田は『宇佐航空隊回顧』という手記に記している。烈しさだけではなかったわけだが、そうはいっても、練習航空隊司令官という大物が来て、総員集合の場で、お義理のような訓示をしたとき、山下は壇上にかけ上がり、

〈「こんな司令の下で死ねるか」と迄《まで》言って、皆の度肝《どぎも》をぬいた。誰も制止する間のない早業であったが、山下大尉は死ぬ気だなと多勢に知らせた振舞であった〉

ともいう。

いつまでも軍国少年のまま。その意味では無私の人でもあったわけだが、それでも年齢相応の生活の楽しみを求めなかったわけではない。

脇田主計大尉に、「ポーカーを教えてくれ」と頼んだこともあったし、中津の待合で妓《おんな》と一夜を共にしたこともあったが、その妓が不用意に開いたままにしていた日記風のものが目に入り、男が金銭の対象でしかないことを知り、女性への関心をさらに失なった、ともいう。

一方、世間を見てきた脇田大尉に、

「明るくて物静か。いまの海軍にこういう人が居たのか」

と思わせたという中津留。

結婚する部下たちへの見本と思われるほどの夫婦仲の睦《むつま》じさ。

淡々としていて上司におもねることもなく、仲間や子分をつくることもしない。

こうした中津留に比べると、やはり山下は理念一筋に生きる軍国少年のままであり、

私も身におぼえがあるのだが、ときには暴走するし、必要とあれば、あえて暴走もし

てみせる。

ただ、私などとちがうのは、山下には、たとえば野中五郎少佐など心酔できる上官が居たことである。

野中は二・二六事件で警視庁を襲い、後に拳銃《けんじゅう》自殺した野中四郎の実弟であり、自己紹介する際には、

「国賊の弟でござる」

と啖呵《たんか》を切るなど、侠客《きょうかく》の親分のようにも見られるタイプ。

その分隊の宿舎に「非理法権天《ひりほうけんてん》」の幟《のぼり》を立て、「野中一家」と称したりもした。

これがまた山下だけでなく、宇佐空の若い隊員たちには受け、ついには脇田大尉の部下たちまでが、主計科であるにもかかわらず、半ば面白がってのことだが、「脇田一家」と称したりする有様であった。

脇田はまた、山下大尉と直井司令をめぐる愉快なエピソードも披露する。

ある夜、山下は酒の勢いもあって、

「司令は飛行機を知らないから、講義してくる」

と司令室に出かけ、

「よく教えて来たよ」

と帰ってきたものの、司令の書いてくれたという色紙の文句が気に入らない。そこには日頃の山下の高姿勢に一矢《いっし》報いるように、「謙虚謙譲」と書かれていたからである。

次の日、山下は「もう一枚書いて下さい」と頼んでくる。

そこで、司令の従兵が届けてきた色紙の文句はと見ると、またまた「謙虚謙譲」。

直井司令に「一本あり」の形であった。

直井司令が、日本に勝つ見込みの無いことを率直に述べ、隊員たちの覚悟を促した日から、二十日ほど前、実は宇佐へはそのことを肌で感じさせる深夜の客があった。

夜空に轟音《ごうおん》を連ねて、大型機が次々に宇佐へ着陸。

朝になってみると、巨大な葉巻にたとえられる一式陸上攻撃機（一式陸攻）が、飛行場いっぱいに並んでいた。

それは、ロケット状に噴射される人間爆弾「桜花《おうか》」を吊《つ》るして行くための飛行隊であった。

宮崎の赤江基地から乗せてきた「桜花」隊員たちの様子を、当時宇佐空で教員助手を兼ねトラック運転士をしていた牧野丈左衛門が、『宇佐空』と題したガリ版刷りで、次のように紹介している。

〈飛行服は破れ綻《ほころ》び、焼け穴だらけの穴から綿がはみ出し、日本刀の皮ザックも日の丸ワッペンも垢《あか》でテカテカになり頭髪も髭《ひげ》も伸び放題で、特に凄愴《せいそう》そのものであった〉

ところが、その一方では、

〈風体に似もつかぬ、さわやかな澄み切った瞳《ひとみ》の人達であるばかりでなく、敬礼をしても、「まあまあ、よいよい」と、手を振るばかり〉

〈その童心に似た、いたずらっぽさ〉といい、〈まさに太平洋のジプシーでもあった〉

と、彼等を見る牧野の目はあたたかい。

死を直前にした彼等は、練習航空隊としてきびしい宇佐の空気に反撥《はんぱつ》してか、芝生の上で弁当をとり、ごろ寝をし、煙草《たばこ》の吸殻をまき散らす。

見咎《みとが》めた予備学生上りの士官に対しては、夜半、その宿舎へ日本刀をふりかざして乱入する、という騒ぎも起した。

いずれにせよ昭和二十年二月には、第五航空艦隊（五航艦）が新設された。

零戦の二〇三航空隊、彗星《すいせい》艦爆の七〇一航空隊をはじめ、重爆撃機の「飛龍《ひりゅう》」を持つ陸軍航空隊までも指揮下に置く総数六百七十余機という大航空艦隊であり、日本に残された最後の決戦兵力であった。

司令部を大隅《おおすみ》半島の鹿屋《かのや》に置き、司令長官には宇垣纏《まとめ》中将。

この宇垣は、明治二十三年、岡山県生まれ。有名な陸軍大臣であり、首相への呼び声も高かった宇垣一成とは直接の血縁こそ無かったが、幾人も陸海軍の将星を出している一族の出である。

兵学校卒業後、さらに海軍大学校を出て、少佐のとき、駐在武官としてドイツで二年間過ごしたあと、海軍大学校の教官もつとめ、開戦時には、山本五十六《いそろく》を補佐して、連合艦隊参謀長をつとめた。

誇り高い一族生まれにふさわしい華やかな経歴であるが、そのせいでもなかろうが、「お辞儀をされても反り返って受ける」といわれるほど、尊大な感じに受けとられることもあった。

それやこれやでつけられた仇名《あだな》が、「黄金仮面」。

その「黄金仮面」ぶりを見せんばかりに、宇垣は着任早々、「挙隊特攻」つまり、「特令の無い限り、攻撃は特攻とする」と宣言した。

主客転倒である。特攻は例外どころか、むしろ原則となり、通常爆撃こそ例外とされたからである。

こうして、多彩であった宇佐の四季も、特攻一色に染められることになった。

三

中学時代の一時期、滑空部でグライダーに乗っていたせいもあって、私は飛行機好き。このため、戦後、アメリカなどひとり旅していて、航空博物館があると知ると、足をのばして立ち寄った。そして、いつ、どの地であったか思い出せぬが、カリフォルニヤの田舎町に在るその一つで、ショックを受けた。

巨大な格納庫のような建物の中に、各国の飛行機にまじって、「飛燕《ひえん》」や「零戦《ゼロせん》」など日本の軍用機を展示した一劃《いっかく》があり、そこで私ははじめて「桜花」の実物を見た。いや、仰いだ。

尾びれのようなもののついた大きな砲弾そのものといったそれは、天井から吊《つ》るされ、輝いていたが、ただ美しいというより、その中に封じこめられ死んで行った青年たちのことを思うまでもなく神々《こうごう》しくて、私は仰いでいて、うなだれ、見つめては手を合わせ、しばらくは金縛《かなしば》りに遭ったように、その場から動けなかった。

その金縛りを解いたのが、「桜花」の背後の壁面に書かれた大きな文字である。

BAKA BOMBとある。

どういう意味かと思った次の瞬間、怒りが爆発した。

「バカ爆弾」とは何だ。たとえ「桜花《オーカ》」との語呂《ごろ》を合わせたとしても、「バカ」とはひどすぎる。憤《いきどお》りで体が震えそうであった。

私はその建物を飛び出した。

そして、時間が経《た》つうち、別のことを思うようになった。

人間爆弾は、アメリカ人の常識では考えられぬ武器であり、それだけに底深い恐怖をおぼえさせる。

その恐怖を振り払わせようと、「バカ」と呼ぶ方向に持って行ったのではないか――と。

考えてみれば、「桜花」はアメリカ人に限らず、ふつうの人間の常識では兵器の枠に入るものではない。

武具とか兵器とかは、まず身を守り、あるいは身を守ることを前提として、相手を斃《たお》そうとする道具のことである。うまく斃せるかどうかは別として。

ところが、「桜花」は必らず斃せるという保証が無いのに、自分が斃れることだけは確実である。

真珠湾攻撃の特殊潜航艇には、生きる可能性が残されていたし、事実一人生還している。

ところが、人間を封じこめロケット弾として射ち出される「桜花」は、生還の可能性を全否定。こちらが斃れることだけはまちがいないというのだから、とても兵器と呼べるものではない。

では何と呼べばいいのか。

それは、当時すでに搭乗員やその周辺でささやかれていた。いわく「人間棺桶《かんおけ》」と。

戦後生き残った「桜花」隊員たちの会話を、その一人細川八朗海軍大尉《だいい》が雑誌『丸』で「母機と『桜花』と零戦で完成させた必中のテクニック」と題し次のように紹介する。

「プロペラの無い飛行機に世界ではじめて乗った」

と一人が言えば、

「自分じゃ飛び上がれず落っことされるだけで、飛行機といえるかな」

との反論が出、これに対し、

「ミサイルだよ。なおレベルが高いじゃないか」

と、やり返す声。それを受けて、

「そうだ、俺たちは人間コンピューターだった」

「コンピューターとオートパイロットの役をしたんだ」

などと続く。

要するに搭乗員は精密な装置代わりということであり、歳月が当時の苦悩を濾過《ろか》し、

「人間棺桶」などというよりは、からっとした表現になっているだけのことである。

ただし、搭乗員は仮に「生きながらの神」ではあっても、どこまで人間として遇されていたのであろうか。

実は私はいまから三年前、この取材を始めて間もないころだが、宇佐航空隊跡地に近いバラック風の建物の中で、「桜花」の部品にめぐり逢《あ》うことができた。

一つは、ロケット噴射管。

壕《ごう》内に格納されたまま埋まっていたのを、戦後掘り出して、配水管代わりに使われたこともあるという。

そして、いまひとつは、操縦席つまり「桜花」中央部の風防ガラス。

まだ陳列以前の状態であったため、今度は部品とはいえ手に持つことができた。重かったか、軽かったか、おぼえてはいない。先に手がしびれた。

「桜花」の風防ガラスは、小型車のフロント・ガラスなどよりはるかに小さかった。当時の私とほぼ同年代の少年隊員たちの眼に見えたのは、その小さな窓の眺めだけ。元気そのものなのに、あまりにも早いこの世の見納め。小さな窓に眼をこらしていた姿を思うと、私は危うく風防ガラスを取り落としそうになった。

それは兵器の一部というよりさらに凶々《まがまが》しいものに見え、狙《ねら》われたアメリカ艦船の将兵は、信じられぬほどの恐怖にとらわれ、その恐怖から逃れるためには、「バカ」とでも叫び返す他なかったのであろう。

それにしても、帰還を考えていないロケット弾であるだけに、訓練や試乗をしたあと、着地するのが、極めて難しかった。

発進する際には、まず母機に吊るしてある金具が炸裂《さくれつ》し、「桜花」はいわば発射された形で飛び出し、「真っ逆さまの感じ」で落ち、時速六四八・二キロの猛スピードに達する。

そのあと操縦桿《かん》を引き起こして速度を落とし、胴体下部に臨時につけたソリを使って着地しなければならない。

視察に来た及川古志郎軍令部総長の前で、この細川少尉（当時）がみごとに、しかし命がけでやってみせたのだが、次の試乗者は、飛行場をオーバーランして殉職。

このため、さらに豊田副武《そえむ》連合艦隊司令長官の視察の際には、無事着地を経験した者にやらせようということで、細川は隊長から、

「もう一度降りてみないか」

と言われる。命がけの試乗というのに、とにかく恰好《かっこう》のよいところを見てもらおうということであろう。命令調ではなかったが、官僚的というか、虫のいい話である。

細川はきっぱり断わった。

「あと『桜花』に乗るのは死ぬ時だけで結構です。予定表通りの搭乗割りでお願いします」

と。

予定されていた隊員により、この日の試乗は無事に終わり、長官は隊員たちと記念写真を撮り、訓示をし、署名入りの鉢巻と短刀を贈ったというが、それで済むような話なのであろうか。

もっとも、「桜花」の実戦への登場は、予定より大幅に遅れていた。

まず、最初に完成した五十機は、横須賀《よこすか》で建造され、呉《くれ》へ向かう航空母艦「信濃《しなの》」

によって、九州へ届けられる予定であった。

「信濃」は基準排水量六万二千トン、世界最大の空母であり、とくに空からの襲撃に備え、高角砲十六門、最新鋭火器である多連装ロケット噴進砲十二基、機銃は実に百四十五挺《ちょう》と、針鼠《はりねずみ》のような防禦《ぼうぎょ》ぶりで、護衛駆逐艦も三隻《せき》ついていたのだが、哨戒《しょうかい》中のアメリカ潜水艦に見つかり、空からではなく水中からの魚雷四発によって、潮岬《しおのみさき》沖へ「桜花」ごと沈んでしまった。昭和十九年十一月二十九日のことである。

そのあと、一月と経たぬうちに、やはり別の空母が「桜花」三十機を運んだが、これまた途中で沈没した。

宇佐にも鹿屋《かのや》にも、「桜花」がようやく格納されたのは翌年二月に入ってからであった。

ところが、それをまるで察知したかのように、三月十八日、宇佐も鹿屋も、米軍機の大編隊に襲われ、ロケット弾や機銃掃射を受けた。

B29の投下する一トン爆弾は、一町四方の家々を吹きとばすと、当時おそれられていたが、B29の何十分の一という小型の「桜花」の積む火薬は、一・二トン。まとめて引火し爆発すれば、飛行場どころか町まで吹きとばすところであったが、幸い壕内に格納されていたため、誘爆を免れた。

ただし、「桜花」を搭載する予定の「一式陸攻（陸上攻撃機）」が、次々に炎上し、破壊され、文字どおり、動きがつかなくなった。鹿屋の場合、波状攻撃してきた米軍機の数は延べ千四百五十機を数えたという。

これに報復するかのように、その二日後の三月二十日、鹿屋では、野中五郎少佐の率いる第一神雷特攻隊の出撃が決まる。

「桜花」十五機を積む一式陸攻十八機。目標は九州南東方洋上のアメリカ機動部隊。特攻のためだけに開発された新兵器による攻撃というので、海軍部内では最初の神風特攻隊長に海兵出の関大尉を選んだのと同様の思惑からであろう、野中少佐はもとより、「桜花」隊長には、関より一期後輩の海兵出の三橋謙太郎大尉を据え、「桜花」を戦場上空まで運ぶ一式陸攻部隊には、関大尉と同期の海兵七十期から甲斐《かい》弘之、七十一期から西原雅四郎、佐久間洋幸と、海兵出を並べた。

ただし、総数でいえば「桜花」と一式陸攻の総計百五十名中、海兵出はわずか七名、残り百四十三名が予備学生や予科練出身者で占められた。

それにしても、この期待の特攻指揮官に野中少佐を持ってきたのは、心憎い。

くり返すようだが、「国賊の弟」「不忠の臣」といった自己紹介もユニークだし、部

下であった丙飛七期の松浪《まつなみ》清飛曹の言葉をそのまま使えば、
「服装はきっちりせんし、垢《あか》がたまっていた。土方の親分みたいで、腰を屈《かが》め、鼻を撫《な》でるような敬礼。ざっくばらんで『やあ、ごくろうさん』が口癖。それにもうひとつ『野郎ども、いっちょやってやろうじゃねえか』とも」

それでいて、幸福な家庭を築いていた、という。

まさに千両役者であり、その新兵器による特攻出撃が、マスコミに大きく賑《にぎ》やかにとり上げられることは、まちがいなかった。

事実、二十一日の出撃に当たっても、

「海軍随一の弓取り、日本一の飛行機乗り、海軍少佐野中五郎、では征《い》きます」

と、大音声《だいおんじょう》で挨拶《あいさつ》している。

ただし、この前に実は一悶着《ひともんちゃく》あった。

出撃に先立って、野中は珍しく注文をつけた。それも真剣そのもので、幕僚たちに詰め寄った。

一式陸攻機は「一式ライター」と呼ばれるほど燃えやすい。

このため、敵戦闘機に迎撃されては一たまりもなく、すべてが一瞬に空に帰してしまう。

それを防ぐには、何としてでも、七十機以上の戦闘機による掩護《えんご》が必要だ——と。

にもかかわらず、実際に配備された戦闘機は、五十五機。

野中の心中は、発《た》つときに残した一語に尽きる。

「湊川《みなとがわ》だよ」

勝ち目の全く無い戦《いくさ》に赴かされることになった楠木正成《くすのきまさしげ》の故事同様、これが最期《さいご》、もう誰も戻らぬ——と。

そして、その言葉通りになった。

三段に構え、蜂《はち》の大群のように待ち構えていた米戦闘機集団にとっては、大きな図体《ずうたい》の上、腹に「桜花」を抱えた一式陸攻は、動きも鈍く、絶好の獲物《えもの》となった。しかも掩護の戦闘機は、エンジン不調などで三十機に減っていた。その結果、一式陸攻は全機「桜花」ごと撃墜されてしまった。

こうして、「桜花」隊員十五名、一式陸攻隊員百三十五名、掩護の零戦隊員十名の命が、空《むな》しく一挙に失われ、「いっちょやってやろうじゃねえか」は、敵のセリフになってしまった。

実は出撃前夜、野中が親しい部下に言い残した本音とも言える遺言がある。

「戦闘機の十分な掩護あってのことなのに、こんな作戦はなっとらん。こんなの戦争ではない。どうか特攻をやめさせてくれ」

一部下にできることではないと承知の上で、なおそう言い置かねば気の済まなかった野中の憤り。

墜《お》ちて行く機の中で、歯ぎしりする形相が目に見えるようである。

神雷部隊に出撃の発令のあった同じ日、宇佐では、練習航空隊の廃止に伴ない、教官・教員による特攻編成を行ない、出撃は四月上旬とするとの発令があった。志望によるものではなく、指名であった。

この頃になると日本の防衛線は崩壊の一途を辿《たど》り、三月十七日には硫黄《いおう》島が玉砕、四月一日には沖縄本島へ上陸を許している。以後、特攻の目標は沖縄周辺に展開したアメリカ機動部隊に向けられていった。そんな中での教官・教員での特攻編成である。

教官・教員といってもまだ若く、ほとんどが二十代前半。教育という後方勤務のつもりでいたのに、訓練機である九七艦攻や九九艦爆に乗って、いきなり特攻に出されるというのだからショックは大きかった。

〈皆覚悟はしていたものの、一瞬青ざめたような顔〉になるのも、当然である。

その夜は搭乗員室で全員が酒盛り。途中で「遺品整理」と称して身の回りの物をかたづけ始める気の早い者も居たが、「明日出るわけでもあるまいし」と、また酒盛りに巻きこんで。

その一人であった岩沢辰雄は『海軍航空隊予科練秘話』に記す。

〈皆酔いつぶれて私も夜中に目がさめた。すると寝床の中で泣いている者がいる。「お母さん」そう言って。いくら一人前の搭乗員といってもまだ二十前の少年である。昼間は一番張り切っていた彼が泣いている。私も泣き出した。それにつられていつの間にか皆泣いている〉

しかし、朝ともなれば気をとり直し、どうすれば、みごとな特攻ができるかと、訓練に励む。

一方、食事などの待遇も、急によくなった。

〈誰かが冗談に「俺達はもう神様だからな」なんて言ったが誰も笑わなかった。又夜になると酒盛りが始まる。又酔いつぶれて寝てしまうが夜中に泣いている者がいる。毎日それの連続であった〉

と。

もっとも、教官・教員が全員特攻というわけではなく、中津留《なかつる》大尉などは七〇一航空隊に編入され、国分《こくぶ》へ移り、通常爆撃の「彗星《すいせい》」に乗るよう命じられた。

そして、この関連で岩沢は中津留から思いがけぬことを言われる。特攻死の覚悟を決めていたところなのに。

「七〇一航空隊へは、隊員を一人連れて来いとのことだ。彗星で活躍してみろ」

命令とあっては、受ける他なかった。

それにしても、なぜ自分が選ばれたのか、よくわからなかった。縁故があるとか、とくに気に入られていた、などというおぼえは無い。中津留その人が淡々としていて、とくに誰かを可愛《かわい》がるとか、部下の選り好みをするというタイプでなかった。そこで思い当たるのが、甲飛十一期修了時の成績がよく、銀盃《ぎんぱい》を頂き、海南島や高雄などを基地にしての実戦歴もかなりあることなど。つまり僅《わず》かでも技量を買ってくれたのではないか、と。

決定していた特攻隊員をあえてはずすという例は、宇佐空では他にもあった。

理科系の予備学生上りの士官に、四日市燃料廠《しょう》への転勤の内示が来たとき、直井俊夫司令はその士官を呼んで言った。

「報国の道はいろいろあります。課題の研究をりっぱにやる。それは、あなただからできることです」

丁重な言葉づかいでの説得であった。

特攻編成された教官・教員の一行は、トラックに分乗して宇佐八幡宮《はちまんぐう》の大鳥居で降り、隊伍《たいご》を組んで、参拝した。

教員の一人であった賀来準吾兵曹は、その八幡宮の参道寄りに実家が在り、偶々《たまたま》、高熱と心臓病のため、軍医の指図に従い、家の二階で自宅静養していたが、参拝を終わった隊列が戻ってくると知り、家の前に出た。大きな幟《のぼり》を立てた行列の先頭に、飛行服姿の山下博大尉《だいい》の姿が見えた。

よろめきながら、かけ寄ると、山下はその賀来の手を強く握り、

「後の締めくくりを頼むよ」

賀来は、熱のある手がさらに熱くなる思いで、山下の手を握り返した。

がっちりした体軀《たいく》。日の丸を飛行服の腹に巻いたその姿は、現代版の武者人形という感じで、かつて「勝敗ヲ論ズベキトキニ非《アラ》ズ」などという檄文《げきぶん》を書いた男にふさわしい姿であった。

賀来は知らなかったのだが、実は山下はその前夜、中津の筑紫《ちくし》亭という料亭で夜ふけまで酒を飲み、意外なセリフを漏らしていた。

「おれが死んでも、戦局は変わらんのだがなあ」

気張ってはいたが、山下はただ勇ましいだけの男ではなかったのである。

壮行式のとき、直井司令は短く送別の言葉を述べ、

「諸子の武運を祈る」

と結んだ。ふつうは「武運長久」と続けるべきところである。「戦功を立てるとともに、命ながらえますように」と。

開戦以来、出征兵士やその家族など、宇佐への参拝客が激増しているのも、「武運」はともかく「長久」であることを祈りたいからである。

それを「武運」しか祈らぬというのは、おかしい——。

その疑問を口にした脇田《わきた》教郎《のりお》主計大尉に対し、直井司令は遠くを見る眼差《まなざ》しのまま答えた。

「死にに行く者に、何が長久ですか」

つらそうであった。こんなむごい送別があってよいものか、と言わんばかりであった。また、こんな風に漏らしもした。

「特攻なんて……。海軍では習わなかった。海軍大学校でも習った覚えがないぞ」

やってはならぬこと、と言いたかったのではないか。

四月六日、山下大尉、藤井眞治大尉（京大卒・第十期飛行専修予備学生）らを指揮官とする艦攻部隊は、鹿児島の串良《くしら》基地で他隊と合流し、計三十機で沖縄東方海域にアメリカ機動部隊を求めて、発進した。菊水一号作戦と呼ぶ大作戦の一環であり、この大作戦全体では掩護機を含め実に四百機が出撃、戦艦「大和」などの水上部隊の出撃に呼応した。

四百機の進路には、例によってレーダー網、駆逐艦の群。そして空には、敵戦闘機の大群。

これでは、目標まで突っこむことは難しく、四百機中、三百機を失なうという返討ちを受けることになった。

宇佐や串良の基地では、山下機などからの報告を待ちわびていた。というのも、ろくに掩護戦闘機も無いとあって、特攻機の動きや成果を知るには、電信機を外させてしまった場合は論外だが、ふつうは各機からの発信を待つ他ないので。

たとえば「セカ　セカ　セカ」と、敵戦艦発見を伝え、次に、「ト、ト、ト」とト連送で突入態勢に入ったことを告げ、最後に「ツー」という長音符が続く。その切れたときが、体当たりの瞬間というわけである。

ところが、目標海域までは、九七艦攻なら三時間で到達できるはずなのに、四時間経《た》っても、連絡が無い。

四時間半経ったとき、ようやく藤井機からの突入電が入った。

それだけ時間がかかったのは、正面から行けば、むざむざ敵の餌食《えじき》になるばかりなので、はるかに迂回《うかい》するコースをとったせいであった。

一方、航空隊で事務をとっていた「理事生」と呼ばれる女子学生たちから、「りっぱで、古武士のような人でした」と、いまなお思い出されるほどの勇ましさもあって、大きな成果を期待されていた山下機からは、ついに最後まで何の連絡もなかった。

いきなり撃墜されたのか、電信機の故障なのか。それとも、どこかへ不時着したのか。謎《なぞ》を残したまま。

突入電を打った指揮官藤井大尉を偲《しの》ぶ「藤井会」なるものが、五十回忌を過ぎたいまもなお中津の筑紫亭で開かれていると、そのメンバーである西日本新聞社の青木秀《しげる》相談役から聞き、私も顔を出した。

藤井は山下とは対照的に温厚なタイプで、制裁の必要があるときも、互いに手加減するのを承知の上で、飛行学生同士向かい合わせて殴らせたし、兵学校出身者への憤《ふん》

懣《まん》を漏らす学生があると、

「がまんするんだ。いざとなったら、相手を吉良上野介《きらこうずけのすけ》にすればいい」

にやっと笑って、険悪な空気を和らげてくれた、という。

藤井は京都大学出身。学生時代はバスケット・ボールの選手。またスキーもうまく、妙高の山スキーに弟を伴なって出かけ、猛吹雪に遭ったが、冷静に行動し、遭難一歩前のところを救われている。

一式陸攻に乗っていたとき、ブーゲンビル島沖で敵機に襲われ、操縦員が斃《たお》れると、自分も負傷していながら、操縦桿《かん》をにぎり、エンジン二基のうち一基しか動かぬ陸攻機を操って、ラバウルまで帰投。強運の人とも思われていた。

藤井はまた、部下には結婚をすすめていた。

「日本は、家というものがあって成り立っている。早く結婚して子供を持ちたまえ」

青春の幸福を少しでも味わわせてやりたいとの思いのにじんだ言い方であったという。

それでいて、藤井自身に相思相愛の人が居、強運の主とも見られていたのに、結婚しなかった。その点では、同時出撃した山下大尉と共通していた。指揮官として、身近な死を共に強く意識していたせいであろうか。

藤井の葬儀には、それらしい父娘がひっそり参列していた、という。

「藤井会」の開かれていた筑紫亭に、出撃前夜の特攻隊員が刀を振るって斬《き》りつけた柱の残っている部屋が在るというので、頼んで見せてもらうことにした。

そこは本館から離れ、濃い緑に三方を囲まれた奥座敷といった二間続きの部屋。いまから百年前の建物の由《よし》で、造作なども一段とていねいになされている。

このため、航空隊でも幹部クラスの上級士官だけの利用に当てられていた。

しかし先代の主人は、たとえ下級士官や下士官たちのグループでも、特攻隊員と見てとると、進んでその座敷に案内した——と、女将《おかみ》の土生《はぶ》かおるさんは言う。

入ってみると、ゆったりとした座敷正面の床の間、いちばん目につく床柱に、それも視線の高さのところに、鋭い刀疵《かたなきず》がはっきり刻まれていた。

かなりの腕前の男が、思いきり斬りつけたにちがいない。

ところが刀疵はそこだけではなかった。

浅く細くて見落とすところだが、そのすぐ横の鴨居《かもい》にも、何かで鋭く引っ掻《か》いたようなものがある。やはり刀疵であった。

それも一つではない。二つ、三つ、四つ……。

横の鴨居にも、後の鴨居にも、疵、疵、疵。無数といってよい刀疵。

はじめて刀を振るった若者が、一度ははじかれ、二度三度とまた斬りつけたのもあろうし、振るったあと、さらに激して斬りこんだのもあろう。

見ているうち、一つ一つの刀疵から、耳には聞こえぬ叫び声がしてきた。

あと一日の命。こんなに元気なのに、あと一日。

なぜ、そうなんだ。なぜ、おれたちだけが……

泣きながら振り上げた刀。酔いのためはじかれた刀、さらに激して斬りつけた刀。

刀疵がふえれば、ふえるほど、隊員たちはさらに激して、刀を振り上げる。

身も裸、心も裸になる。

きれいごとの世界を踏みにじるように、隊員たちは白刃《はくじん》をかざして踏みこむ。

世界も世間も、真二つに裁《た》ち割り、世界も世間も消える。

残っているのは、妻《ケーエー》の顔、婚約者《エンゲ》の顔、親兄弟の顔……

おれは死ぬ、死ぬんだよ、お母さん、こんなに元気なのに。

ごめんね、お母さん。おれの分まで達者でね、お母さん。

そして、白刃。

なんで、なんで、おれが。なんで、えいっ！

掛け声とも、叫びとも、泣声ともつかぬ声。

この世にこんなことがあっていいのか
特攻を考えた奴《やつ》は、修羅だ
特攻を命じた奴も、修羅だ
よおし、それなら、俺たちが本当の修羅になってやる
見てろよ、本当の修羅とは、どんなものか！
私は痛ましくて、たまらなくなり、ごめんね、ごめんね。心の中でつぶやきながら、刀疵を撫《な》で続けた。

いずれにせよ、筑紫亭は「航空隊御用」であったおかげで、空襲に備えての建物の破壊や強制疎開《そかい》を免れた。

ところが戦後は米軍が保養施設として、柱などにはペンキを塗り、畳の部屋も板貼《ば》りにし土足で使う、という。

「このまま使ってくれ」と、あくまで言い張った主人。

刀疵に残る特攻隊員たちの思いを消してはならぬと、咽喉《のど》もとまで出かかった言葉をのみこんでのことであったろう。

昭和二十年四月はじめの宇佐航空隊の保有機数は百五十七と記録されている。

その中から、山下大尉らを第一次隊とする「八幡護皇隊」が、串良や国分基地を経由して沖縄近海の敵艦船を目標に出撃。さらに第二、第三などと続き、五月十一日までに九波にわたる特攻によって、百五十四名が還《かえ》らぬ人となった。

この隊名の由来となった宇佐八幡宮の深い木立に包まれた広い神域には、それにふさわしい荘厳《そうごん》な感じがあったが、実は戦前の境内には、料亭やさまざまな店があって、かなり乱雑な風景でもあり、このため内務省から「昔の通りにせよ」との命令が出、一部の反撥《はんぱつ》を買いながらも数年かかって買収交渉を進め、昭和十九年になって、ようやく昔ながらの神域に戻したところであった。

高い格式の官幣《かんぺい》大社である以上、宮司は官選、つまり内務省に選ばれた人であったが、この時期の横山秀雄宮司は見識ある人で、ふつうは榊《さかき》を持つ簡単な舞いを舞わせるところを、特攻隊員の参殿のときには、巫女《みこ》たちに白い狩衣《かりぎぬ》と緋《ひ》の袴《はかま》という正装をさせ、「浦安の舞」を舞わせた。題名からもわかるように、平和を祈る舞である。

知人などから頼まれたり、何か縁があったり求められたりすれば、隊員と酒を酌《く》み交わしたり、夜は泊めて上げたりもした。

「おかげで熟睡できました」と、よろこぶ隊員もあれば、「頭が冴《さ》えて、一睡もでき

なかった」という隊員も居たなどと、横山京子、小畑妙、小畑静という当時の巫女たちは交々《こもごも》語り、

「お気の毒で、お気の毒で、涙が出て」

「いつでも、こっちのほうが緊張して」

「士官の方たちは、かたい表情というか、感情を表に出しません。東大出の方も、立教出の方も……。ほんと、りっぱな方ばかりと思いました」

一方、巫女は軍需工場などへ徴用されなかったので、志望者も多く、いつも十人の定員枠いっぱい。

その巫女たちが伊勢詣《もう》でして、「楠《くす》の葉を持って行くと、必らず帰れる」との言い伝えを知り、宇佐に帰ると、境内の大きな楠の葉を集め、「旅のお守りに」と、隊員たちに手渡した。

「士官の方も、下士官の方も、皆さんが、ありがとうと、うれしそうに言って下さるんです。父には、のぼせ者、と言われました。土地の言葉で、お調子者ということですが」

嬉《うれ》しいことに、のぼせ者はなおのぼせて、小さな貝殻を小布に包んで紐《ひも》をつけ、「腰下げ」にと言って差し上げもした。

「これも、とてもよろこんで下さいました」

若い男女の間である。こうしたことがきっかけで、互いに恋心を抱くことも。

東北大出の士官に、

「いつか必らず迎えに来るから、待ってて欲しい」

と、正式に申しこまれ、「待つか」と両親に問われ、「待ってる」と巫女。

こうして、双方の母親同士も手紙のやりとりをするようになったが、その士官もまた戦死してしまった——。

四月二十一日朝、宇佐はB29の大編隊による空襲にさらされた。

特攻基地叩《たた》きだが、狙《ねら》いは航空機や格納庫、兵舎だけではなかった。人間そのものを狙い、震え上らせる攻撃であった。それも、軍人だけでなく、女子挺身隊員《ていしんたいいん》たちや、一般民家も巻き添えにした。

その上一過性ではなく、数多くの時限爆弾が落とされ、これらが二日間にわたり間を置いて爆発し、また爆発した。

さらに、牧野丈左衛門『宇佐空』によると、「螺旋爆弾《らせんばくだん》」も。

それは、〈小型で地上に触れるか触れないかで炸裂《さくれつ》し、全く水平に螺旋の破片が飛び散るやつである。炸裂した跡と云《い》えば、一鍬《くわ》ほど土を掘り起しているだけで、二十米《メートル》四方の芝生が引裂かれている〉代物《しろもの》で、人間殺傷だけを狙った爆弾であった。

このため、横穴を掘った中に在る病舎へは次々に死者や負傷者が運ばれて、血の海。

「腕の一本ぐらい何だ、辛抱しろ」

と、叫ぶ声。血まみれの群の中から、生者と死者を区別するだけで、軍医たちは手いっぱい。

いや、この手記を書いたその人も、大腿《だいたい》部に銃弾を撃ちこまれたのに、

「差しつかえないから、そのままでよい」

と、軍医はとり合わなかった。そしてその軍医が、

「こいつ、行儀のいいやつだな」

と言った先を見ると、

〈素裸の胴体だけが彼の遺体で、どういうはずみか、ふんどしの紐《ひも》だけが外れず、後ろの腰に彼の名前が記されたふんどしで、彼と認識できるのみだった〉

広島出身の戦友とわかったのだが。

〈かりに家族に、これがあなたの夫ですよ、と言ったにしても、顔も、手足も無いものを自分の夫と認めなかったろう〉

宇佐でのこの日の死者三百二十。

死臭のこもる壕《ごう》の先、駅館川《やっかんがわ》の堤では、遺体を焼く炎と煙が、夜どおし立ち上った。

宇佐航空隊をも傘下《さんか》に置く五航艦（第五航空艦隊）司令長官の宇垣纏《まとめ》中将（在鹿屋）は、戦史資料として価値のある細密な日記『戦藻録《せんそうろく》』を相変らず書き綴《つづ》っているが、この日については、

〈笠《かさ》の原《はら》、宇佐、出水《いずみ》等、滑走路被弾発着不能に陥れり。特に時限爆弾の混用ありしは厄介なり〉

そして、笠の原から飛び立った零戦《ゼロせん》隊を叱《しか》る。

〈感心出来ざる戦果は戦闘機隊の戦意の不足、邀撃《ようげき》法の不適に基くものに非《あら》ずして何ぞや〉

叱りながらも、それら零戦隊は進撃攻撃用に使いたいので、別に迎撃用の局地戦闘機が欲しい、と。

そして、この日の日記の最後には、宇佐の惨状までわからなかったせいであろう、意外な記述が出てくる。

〈猟期尽きたれば狩猟免状を世田谷警察署宛《あて》返送す〉

それに、二月にこの長官になってからは、獲物《えもの》が〈敵機動部隊乃至《ないし》は沖縄周辺の大

物〉に代わってしまい、〈食膳《しょくぜん》を賑《にぎわ》すに至らず〉と、ユーモラスだが、そのあと、まるで自らの運命を予言するように結ぶ。

〈蓋《けだ》し今秋の猟期至るも余輩の生存は逆睹《ぎゃくと》し得ざるなり〉

◇

この時期、修羅場も知らぬ私は一つのささやかな夢を見ていた。

動員先の工場へ通うため、私は名鉄本線の有松駅から乗り降りしていたが、その駅にやはり動員されていたのか、私と同じ年頃の少女改札係が居た。

三直制の作業なので、私は、早朝に帰ったり、午後おそく出かけたり。このため、客が私ひとり、駅員も彼女ひとりということが多かった。

互いに口ひとつきくわけでないが、同じ年ごろであり、何か通い合うものがあると、私は思うようになっていた。

そして、他愛もない夢を見る。

ある朝、いつもの少年が突然、日の丸を襷掛《たすきが》けして、何人もの男女に送られて現われるのを見、彼女はおどろいて眼をみはる。

見開いたその眼差《まなざ》しが、少年の私には何よりの思い出となり、餞《はなむけ》となるはずだ――

と。

それは夢というより、現実に起るはずであった。私が入隊のため出発する日の朝に。

ところが、運命は皮肉というか、意地悪であった。

出発日の前夜、名古屋には大空襲があり、名古屋に残してあった家も燃えたが、名鉄本線も不通。

このため、許されて見送りのため帰宅していた父と二人で自転車で名古屋へ向かう破目になったからである。

どれだけの時間、ペダルを踏み続けたことか。その間、父子ともども無言であった。

せっかく理科系への進学が決まり、徴兵猶予《ゆうよ》ということで、これでもう安心と思っていたのに、息子が自分からそれを取り消して、七つボタンの海軍へ志願入隊するとは。

父は足もとが二つに裂け、声も出ない思いでいたのかも知れない。

一方、後になって妹から聞いたのだが、私を送り出した母は母で、その夜は一晩中泣き続け、一睡もしなかった、という。

こらえていた悲しみが噴き上げたのだが、それだけでなく、「なぜ息子の言い分に負けて志願を許したのか」と、父にきびしく叱責《しっせき》されたせいもあったのであろう。

あのクリスマスの夜から半年後、私のせいで、一転して家には暗い夜が続いて行くことに。

十七歳の私は、日本が押され気味だとは感じていたが、負けるとは思っていないし、またそう思ってはならぬことであった。

負けるぐらいなら、一億玉砕。いずれにせよ、一日も早く海軍へと思うばかり。

ところが、たどり着いた先の海軍は、およそ私の予想してきたものではなかった。訓練が想像以上にきびしいだけでなく、朝から夜中まで拳骨《げんこつ》や棍棒《こんぼう》で殴られ続け。このため、誇張ではなく、頭は大仏さまのように瘤《こぶ》だらけ、尻《しり》などは痣《あざ》だらけ。

また、士官食堂からは毎夜のように天ぷらやフライの匂《にお》いがし、分隊士室の掃除に行けば、白い食パンが青黴《あおかび》を生やして捨てられているというのに、私たちには大豆や雑穀まじりの飯が、茶碗《ちゃわん》にすれば一杯分ぐらい。おかずは芋の葉や茎を煮たようなものばかり。

牛馬同然どころか、牛馬以下。

牛馬なら少なくとも夜は眠らせてくれるが、私たちは深夜眠っているところを、ハンモックの紐を切って、床に叩き落とされる。

さらに、空襲警報が出る度に、ハンモックをたたんで、遠くの壕へ担《かつ》いで走り、警報解除後はまた取りに行って、吊《つ》り直さなければならない。人間よりハンモックが大事なのだ。

その上、一月経《た》ち、二月過ぎても、外出どころか、面会ひとつ許されない。まるで秘密兵器ならぬ秘密兵員扱いであった。

ところが、ある日、突然、隣りの分隊に家族との面会が許された。それぞれ肉親に囲まれ、土産をつまみながら話しているその隊員たちの姿に、私たちが不服そうな顔をしていたのであろう、古参の下士官が声をはり上げ、唇を歪《ゆが》めるようにして言いすてた。

「うらやましいのか。隣りは油壺《あぶらつぼ》送りだ。貴様らもそうなる」

「油壺」の名は、水中特攻・水上特攻の訓練基地兼出撃基地の総称のように使われていた。つまり、隣りの分隊は特攻隊に編入され、最後の別れをさせられていたのであった。

私たちは一度に静かになり、表情も変わった。そして、全員が無口になった。

「いずれは」とか、「ひょっとして」とか、覚悟はしてきたはずなのに、それがすぐ隣りに現実にやってくると、私たちを置き去りにして、覚悟は出て行ってしまった。

そして日が経ち、ごく親しい戦友と口がきけるようになると、マンガの「冒険ダン吉」の話などが出た。

また、その延長のように、南方の島の守備隊に派遣され、あるいは何かのはずみで流れ着いて、そこで戦争が終わるまで生きているということもあるのだが――と、それまでは思ってもみなかった夢物語を紡《つむ》いだりもした。

そうこうしている中、私たちの分隊は呉《くれ》と広島を底辺とする三角形の頂点に当たるような基地へ移されたが、移動する車窓からは、幾隻《せき》もの軍艦が陸づけされた上、大きな植木などで甲板を蔽《おお》われているのを次々に見た。

燃料不足のせいもあったであろうが、もはや軍艦が軍艦でなくなっていた。

移動先の基地には、高角砲陣地があったが、備え付けられていた砲は、大正十年式。ラバウルあたりでも、その砲を使っていたというが、超高空のB29にはとても届かない。

一時期のつなぎであったのだろう、私たちはとりあえず対空機銃の訓練をさせられた。

それは、環形照準器の真中に敵機が入ってくるときだけ命中させることができるという代物であった。つまり敵機がまっしぐらにこちらに向かってくるときだけ。その敵機は、カーチス・ヘルダイバーであれば、二〇ミリ機関砲二門、七・六二ミリ機銃二挺《ちょう》を備え、火箭《ひや》の雨を叩きつけてくる。

これに対してこちらは、一三ミリ機銃一挺。しかも機関銃だというのに、弾薬不足のため三発以上撃つなという。

つまり、敵機の弾丸の槍《やり》ぶすまに身をさらす、というだけの戦法であった。

幸か不幸か、私たちは知らなかったが、そのころ海軍航空隊は潰滅《かいめつ》に近い状態に在った。

それなのに、昭和二十年五月に新規かつ大量に採用された私たち特別幹部練習生とは何なのか。

それについては後に述べるが、その制服が予科練同様七つボタンでありながら襟章のマークが翼でなく桜であった。

つまり、「パッと散るのが定め」と申し渡されていたような存在であったということだけに、ここでは触れておく。

では、何のための大量採用なのか。

例によって、陸軍に対する縄張り争いという説もある。本土決戦に備え、陸戦要員やその中堅幹部をとりあえず採用しておく、というのだが、それ以上に現実的なのは、次々に開発され生産されている特攻のための特殊兵器の要員確保である。

前述したように、すでに人間爆弾「桜花《おうか》」(一一型)は出撃していたが、さらに、これを一式陸攻以上に高速の「銀河」に搭載するため改良された「桜花」(二二型)や、さらに丘などの高地からカタパルトで射ち出す「桜花」(四三乙型)もつくられていた。また、特攻目的で大型爆弾を搭載するジェット攻撃機「橘花《きっか》」もつくられていたし、「桜花」に似るが、木製で松根油を燃料とする「梅花」も試作に入っていた。

そして、それ以上に量産され、大量の要員即《すなわ》ち人命を必要としていたのが、水上・水中特攻兵器である。

人間魚雷「回天」に加えて、モーター・ボートに爆装した「震洋」もすでに出撃して居《お》り、特殊潜航艇の流れを汲《く》み、さらに大型化した乗員五人の「蛟龍《こうりゅう》」もまた、この四月ごろから量産に入っていた。

また、頭部に六〇〇キロ爆弾を詰め、水中翼を持つ二人乗り潜水艦「海龍」もまた、四月ごろから量産に入っていた。

まさに特攻兵器のオンパレード。

そして、これらにはまだ兵器らしさがあったが、さらに大量の特攻隊員を必要としたのは、「伏龍《ふくりゅう》」である。


平成十二年八月半ば、私は住んでいる茅《ち》ヶ崎《さき》を離れ、三日ほど東京で過ごした。海岸近くの市営球場で、サザンオールスターズの公演が行われるが、そのかなり前から「サザンを呼ぼう」などという街頭宣伝が騒がしく、公演当日ともなろうものなら、静かな海辺の町も一変してしまうと思ったためだが、それとは別にというか、それ以上に私には耐えられぬ理由があった。

公演の数日前、深夜に目ざめた私は、海の方向が異様に明るいのに気づいた。そして、バルコニーに出て、体がふるえるような寒気をおぼえた。探照灯の太い光の柱が、夜空を右に左にと動いている。

一度は、わが目を疑ったが、まぎれもなく探照灯であった。

サザンの舞台効果を盛り上げるための予行演習であろうが、それは戦中の夜と全く同じ光景であった。

B29を求めて、夜空を右往左往した探照灯を見ているうち、私の耳には、砲撃の音、爆音、そして風を切って落ちてくる爆弾の音がよみがえってくる。

まさに悪夢であったが、それも理由の無い悪夢ではなかった。

球場スタンドの在る場所には、実は戦中、海軍の高角砲陣地が在り、夜空に向けて探照灯の光を振り上げていたところであり、そこに私と同じ海軍特別幹部練習生、当時十七歳前後の少年兵たちも居たのである。

その一人であった森久保卓は、戦後は家庭裁判所の調査官をつとめ、いまはボランティアなどする身だが、中心になって『海軍特別幹部練習生ニ採用ス、海軍史に埋もれた志願兵』を編集・刊行。その本によって、当時採用されたのが、実に一万五千五百四十名であったことを、私ははじめて知った。

まさに人海戦術そのものである。それだけの人数を必要とする航空機や艦船が在るはずもなく、十二歳から五十九歳までの男、十二歳から三十九歳までの女性を総動員しての陸戦部隊の指揮といわれても、説得力は無い。

森久保らの場合は、とりあえず茅ヶ崎へ送られたのだが、そこでの高角砲の用途は対空砲火としてでなく、砲身を横に倒しての水上射撃。

遠浅の茅ヶ崎海岸は、米軍の日本本土上陸作戦コースに予想されており、海岸に接近してくる米艦船めがけて砲撃するのだが、そのときには敵艦船からの集中砲火を浴び、空からは爆弾の雨。加えて北方台地に布陣する陸軍の重砲隊の砲弾まで浴びかねない。その中で仮に生き残れたとしても、次には爆薬を抱え、敵戦車の下に飛びこんで終わり、というわけ。

もっとも、それさえ、まだましであったかも知れない。

というのも、一万五千を超す少年兵が最多数振り向けられそうであったのは、「伏龍」部隊である。

隣りの分隊が「油壺送り」と知って、私たちに言葉を失わせたその油壺を中心に展開している特攻隊で、機雷を棒の先につけて持ち、潜水服を着て、海底に縦横五〇メートル間隔で配置される。

敵艦船が来たら、その棒を敵艦の艦底に突き上げて、爆発させる。

もちろん、当人も、周辺に配置された隊員たちの命も、一挙に吹っとぶ。

かつての村上水軍にそれに似た戦法があったというが、実戦の記録は無く、それを三、四百年後、少年たちを使って実行しようというわけで、「桜花」以来の人間爆弾、人間魚雷などの最終篇である。

少年兵の命など花びらよりも紙きれよりも安しとする日本海軍ならではの発想であ

る。

そういえば私たちは、

「きさまらの、代わりは一銭五厘で、いくらでも来る」

と、幾度聞かされたであろうか。

◇

ただし、こうした特攻用の特殊兵器が勢揃《せいぞろ》いする前に、中津留大尉《だいい》らの乗る彗星《すいせい》など一部の精鋭機種が本土決戦用に温存される一方、つなぎとして練習機というか、もはや実用機でなくなった旧型機が次々に特攻出撃させられた。本望通り航空機上での死とはいえ、これはこれで悲惨であった。

その代表的なのが、「白菊」と、その名も可憐《かれん》な機上作業練習機である。偵察員、電信員などの訓練に使われるもので、最高速度でも時速二三〇キロ。この低速機が、五月二十四日、鹿屋や徳島から沖縄水域へ向け、二十機発進。三十六人が戦死した。

そのうち、海軍兵学校出身者は、例によって隊長をつとめた中尉ひとり。あとは、日本大学、埼玉師範、明治大学出の予備学生出身者と、予科練出身者で占められ、その中に、私と同年の十七歳四人と、さらに一年若い一人が含まれている。

「花の命は短かくて」と言う他はない。

その三日後にも、「白菊」は二十機が特攻出撃。

このときも、隊長ひとりが海兵出身で、あとは専修大学、神戸商大出などの予備学生、そして予科練出身者であり、そこにも当時十七歳が三人含まれている。

「白菊」と前後して、脚に大きな浮舟《フロート》をつけた水上機もまた、特攻出撃させられている。

こちらは、私にとって余計に信じられぬし、信じたくない話であった。

もともと水上機は、眼の前の海はもちろん、湖でも、川からでも飛びたち、やがてまた、水鳥同様に水に戻ってくる。陸上機のようにコンクリートでつくられた飛行場へ、乗降のためにわざわざというか、はるばる出かけねばならぬ存在ではない。

それに、水上機は、まだ小学校も低学年の私が、近々と見た最初の飛行機であった。

名古屋近くに新舞子という海水浴場があり、ときどき連れて行かれたが、その浜辺の一隅に民間航空会社の小さな格納庫があり、扉を開けて水上機がひき出され、人間と同様、そろそろと水につかり、海水浴客たちの間を分けるようにして、やや沖合にまで出る。

そこで大きなエンジンの音を立て、まるで手を振り回すようにプロペラを回転させ、舞い立って行く。

みるみる遠ざかり、黒い一点となって空に消える姿は、少年の夢そのもの。

それは、やがてまた水鳥のように沖合いに白い波を蹴《け》立《た》てて降り、ゆっくり海水浴客の中へ、仲間入りする形で戻ってくる。

一度、すぐ近くを通りすぎるとき、私は手をのばして浮舟《フロート》に触れてみたが、その日一日、心がはずむ感じであった。

そうした人なつっこく、猛々《たけだけ》しさとはおよそ無縁の飛行機が、軍用にというならともかく、特攻機に使われたなどとは、とても信じられぬのだが、まぎれもない事実であった。

主として使われたのは、零式水上偵察機と零式水上観測機の二種。いずれも最高時速で三七〇キロ程度と、決して速くはない。ただし、数はある。

偵察・連絡・輸送・哨戒《しょうかい》と、多用途に使われる零式水上偵察機は、すでに千四百機も生産されていた。

一方、水上観測機は、艦隊決戦などの際、上空から弾着の模様などを観測するのが任務であり、敵側も同様に観測機を出すところから、観測機同士の戦いに備え、機銃三挺を据えてはいたが、速度といい格闘性能といい、もともと攻撃用にはつくられていない。飛行中に敵潜水艦でも発見した場合に備え、三〇キロ爆弾二発を積むぐらい。それらがいずれも二五〇キロを超す爆弾を抱えて。

それでも残っている機数が多いので、道中はともかく、百機に一機でも、敵艦船にぶつけることができれば——と、いうのであろう。

それだけでも無残な話なのに、それら特攻用の水上機や練習機などからは、出撃前に電信機や機銃を「もったいないから」と取り外してしまうことがあった。まるで戦果報告など期待していないと言わんばかり。

水上機特攻がまぎれもない事実と知ったのに、私はなお納得できず、水上機に乗ってみるとともに、いま現在の水上機操縦士から水上機カミカゼについての意見なり感想を訊《き》いてみたいと思った。

ところが、かつて世界で最多数の水上機を持っていた日本だが、ヘリコプターに客を奪われる形になって、いまは一機も無い。

このため、バンクーバーに出かけて、遊覧飛行用の水上機に乗り、さらにホノルルでも水上機営業が始まり、日本人パイロットも居ると知り、吉田新という若いパイロットに会い、そのあともう一度出かけ、アメリカ人パイロットの操縦する水上機で外洋をかなりの時間、飛んでもらった。

いずれの水上機も、戦前見たのと外見は変わっていない。そこで、「この種の水上機がカミカゼに使われていたのを、どう思うか」と訊《たず》ねると、国籍を異にする三者の反応は、全くといってよいほど同じであった。

「信じられない」を連発し、「本当なのか」と問い返す有様。

ただ吉田だけが、暗い表情でつけ加えた。

「そのときのパイロットの気持を思うと、気の毒で気の毒でたまりません」

実際に水上機に乗ってみると、爆音がうるさく、伝声管でも思うように話が通じない。

操縦桿《かん》を握らせてもらったが、重くて、動きも頑固。

特攻機の真似《まね》をして、水面の上、一〇〇メートルで水平飛行をし、さらに三〇メートルの超低空まで降りてもらうと、ビルの高さに居るとはとても思えず、海面はまるで巨大な生物の皮膚《ひふ》が呼吸している感じで、いまにも機体ごと吸いこまれそうであった。

それに、離着水時には波頭に当たって、尻《しり》を板で叩かれるようなバウンドがある。といって、水面がおだやかだと、浮舟《フロート》に吸いつき粘りつき、水をふり切るため加速しすぎると、勢いあまって機体はひっくり返り、海面に叩きつけられることがある、という。

このように、ただでさえ操縦が難しい上に、もともと重い爆弾を積むようにつくられてはいない。

では、どうしたのか。当時の特攻隊員上田利信《としのぶ》によると、

〈メインフロート支柱の胴体つけ根の左側から、約一メートル間隔に二本の太いパイプを内側に「く」の字形にまげて支柱の下部にとりつけ、支柱とパイプのあいだに爆弾を固定する。そのため、機体の左右の重心がかなり左にかたよる〉(「ゲタばき『零観特攻隊』生還せり」雑誌『丸』一九九九年八月号)

このため、一割ほどスピードが落ち、左に傾こうとするので、絶えず右に当舵《あてかじ》し続けねばならない。

離水も難しいが、着水はさらに難しい。もっとも、特攻出撃の際、離水はあっても、死以外の着水は無いのだが。

しかも、ガソリン不足もあって、そうした状態での飛行訓練も、ただ一回限り。
このため、出撃前夜、外出先の下宿の小母《おば》さんに、
〈「私が戦死したと聞いたら、線香のかわりにタバコでも立ててください」
と、冗談をいうと、
「どうして、爆弾をだいて死ななければならないのですか」
と涙声でいわれて、私はかえす言葉もなく、シュンとしてしまった〉
と上田は記す。

一方、旧式の練習機や、こうしてよろけるように飛んでくる水上機を迎えたアメリカ側は、最初は特攻機、いや、軍用機とさえ思わず、「化け物が出た」とか、「巨大な家鴨《あひる》のようなものが飛んできた」と報告。

攻撃を受けながらも、日本機の動きがあまりにおそいため、

「ジャップの特攻機に、駆逐艦で追いついた」

などと、ジョークまがいの戦況報告をしたりする有様であった。

それでも、水上機は爆弾を縛りつけて飛び続けた。四月二十九日を皮切りに、五月四日、十一日、二十四日、二十八日。六月二十一日、二十五日、二十六日、二十七日、

二十八日。そして七月三日と。

私の計算では、この間に、各大学出の士官四十二人、予科練出身の下士官三十八人が、命を捧《ささ》げた。

職業軍人である海軍兵学校出身者は、一名も居ない。

名簿を細かく見ていて気づいたのは、ここでも下士官の中に、当時の私と同年の十七歳が八人、さらに一歳年少の十六歳が三人も居たことである。

まして、水上機の操縦は前述のようにかなり難しく、水上機乗りはたいていの陸上機を乗りこなせるが、その逆は不可能とされている。その上に爆弾をくりつけ、機体が傾こうとするのを立て直し立て直しの飛行となり、操縦の困難さは想像以上。とすれば、後席へ偵察員として乗った少年兵は、電信機も機銃も下ろしてしまっている場合、役割としては、目をみはって、敵機や敵艦を探すということ。たとえ敵一機でも、輸送船一隻でもよい、とにかく見つけようと、眼を見開き続け、死に向かう。どんな思いの三、四時間であったことか。

水上機特攻の出撃基地であった薩摩《さつま》半島の指宿《いぶすき》で、当時特攻隊員であった渡瀬昌男、福島稔郎、大田計佐治の三氏から話を聞いた。

特攻志願については、

「互いに話し合いをせず、それぞれの良心に従って、『熱望する』『希望する』『希望しない』のいずれかに丸をつけて出せ」

とのことであったが、結局は話し合い。ほとんど全員が「熱望する」、そして、茨城県の北浦や四国の詫間《たくま》などから指宿へ飛来。

多いときは五十機ほども集まったという広い入江だが、二五〇キロ爆弾を縛りつけ、さらにバランスをとるための砂袋まで積んだりするので、重みのため浮舟《フロート》が水面下に沈んでしまい、その広い入江をいっぱいに使い、ぎりぎりのところでようやく離水するという始末であった。

飛び上がった後もプロペラの起す風のため、しぶきが機体にかかるほどの超低空を飛び続けねばならない。

「もう無茶ですよ。とんでもねえことをやらされたものだと、後になって腹が立ってねえ」

との声も出た。入江を眺める岸辺に慰霊碑が立てられると、戦友の霊を供養《くよう》し続けるのだと、指宿へ移り住んだ人もあった。

水上機特攻について、北浦航空隊の飛行長であった宇賀神《うがじん》正典《まさつね》元大尉はこう言う。

最初の水上機特攻隊員を募集するとき、「希望者は前へ出ろ」と言うと、五十人ほどが皆ためらわず前に出た——と。

宇賀神は青山学院出。

「学校出の上官だから、ついて行ける」

と親しんでくれていた予備学生たち、そして、予科練生。

実は、宇賀神の父親は技術系の陸軍中将。その父親を毎朝迎えに来る馬の匂《にお》いがいやだし、飛行機が好きなため、海軍の飛行機乗りになった、という。

日中戦争のときは、水上偵察機に六〇キロ爆弾四発を積み、武漢を爆撃したりしたが、

「日本に制空権があったから、できたことですよ」

それだけに、掩護機《えんごき》さえもなく裸も同然の水上機を沖縄へ出撃させることには、ためらいがあった。

「それに、うまく敵艦船にめぐり遭うところまで行ったとしても、一〇〇メートルの高さからでは、体当たりしても破壊力が無い。戦果があるわけない。宇垣長官も本当はだめだと思ってたのではないでしょうか」

しかし、出撃させざるを得なかった。

「軍人は最後に死ぬものと思っていたし、ああいう戦局で、上から命令された以上は……」

その結果は、どうであったか。

「電信機は各隊の一番機には積ませたが、一度だけト連送を受けました」

つまり、突入は一度だけ確認できたということである。

「生き残って、申訳ないと思っています。月に二回ぐらい、あちこちの慰霊祭に行っていますが」

宇賀神はうなだれるように言ったあと、凛《りん》とした声でつけ加えた。

「海外旅行はしても、イギリスとアメリカだけは行きません。死ぬまで敵ですもの。もちろん、戦争でどうこうということは、もうありませんが」

暗い話ばかり続けたが、花びらの幸福を知り初《そ》めながらも、意外にあっけらかんと最後の別れをした新婚夫婦も居る。

前出の偵察員・松浪清飛曹で、かつてソロモン海域の戦闘に艦爆で参加。

待ち構えていた敵戦闘機に七撃八撃され、最初の弾丸は風防ガラスをかすめ、次は目の中、鼻の中に飛びこんでくる感じ。

飛行服が焦《こ》げはじめ、足が焼け、右タンクが火を噴く。操縦員が自爆しようとするのに「待て」を掛け、次の敵四機編隊の真只中《まつただなか》へ突っこませると、敵機はおどろいて、文字どおり四散。

そのうちエンジンの火が消え、生還したものの、負傷がひどく、とくに左踵《かかと》の半分が垂れ下がっている有様で、五ヶ月間入院した上で、内地へ。宇佐航空隊の教員になった。

その分隊長が中津留大尉《だいい》で、

「おだやかな人で、いつもやさしく声をかけてくれた」

と言う。

やがて縁談が持ちこまれ、別府の十九歳の女性と見合い。

「いつ死ぬかわからぬ、と言ったのですが、私に憧《あこが》れていたのでしょう」

と、松浪は笑う。

果して、練習航空隊は前述のように、間もなく解散になり、教官・教員は特攻要員に。

松浪にも出撃命令が来、新妻にその旨《むね》を伝えた。

泣くか、うろたえるかと思うと、新妻は先に出撃した仲間たちの名をあげ、

「負けぬよう、どうぞがんばって下さい」

と、三つ指つかんばかりにして頭を下げた。

そこまで家庭で教育というか、躾《しつけ》をされていたのか。傷だらけの松浪を見続けて、覚悟ができていたのか、あるいは強運の人という思いでもあったのだろうか。

いずれにせよ、松浪はあっけにとられるやら、ほっとするやら。

「一週間ほどしたら、身廻品を取りに来なさい」

と言い置いて、発進基地の国分へ向かった。

ところが、国分から出撃したものの、エンジン故障で不時着。機体は大破し、代りの乗機が無いため、宇佐へ戻された。

そして、隊内に入ったとき、面会所前で部下と立ち話している妻とばったり。

「一週間したから、遺品を……」

と、妻は言いかけて、あわてて言い直し、

「身の廻りの品を取りに来たら、生きとるよ、と言われて、びっくりしてたところなの」

もちろん、こうした若夫婦が居る一方、二度特攻出撃し、エンジン故障や敵艦未発見で生還はしたものの、ストレスで精神がおかしくなり、帽子をいつも阿弥陀《あみだ》にかぶり、まともな会話ができなくなった男も居る。

逆に、宇佐空の話ではないが、特攻隊員を送り出す毎《ごと》に、「貴様らのすぐあとから行くから」を口癖にし、ついに出撃せず、「あとから少佐」と仇名《あだな》をつけられた例もあった。


この時期、国分を基地とした七〇一航空隊は、もともとは陸攻機の部隊であったが、千歳《ちとせ》から北千島へ転戦後、今度は一気に南下して台湾、フィリピン、そして南九州に移ったもので、中津留大尉の属する宇佐航空隊の艦爆や艦攻なども加え、一種の寄せ集めの部隊ではあるが、日本に残る最後の精強な特攻戦力となっていた。

この通信長である中村亨三《きょうぞう》大尉は、特攻機出撃の後は、通信室に詰めっ放し。いざ突入と知らせてくると、直立して、その長音を聴き、音が切れると黙禱《もくとう》する繰り返しであった。

兵学校出の中村は、もともと駆逐艦乗りであったが、マレー沖海戦の後、漂流しているイギリス士官をその駆逐艦が拾い上げ、中村が通訳代わりに介護した。

ところが、その中村が今度は交戦中、負傷して、片足が不自由になり、艦隊勤務は無理とあって、海から空へというか、国分基地の七〇一航空隊の通信長になっていたのである。

戦後、中村は出身地の青森県三本木町（現・十和田市）の収入役などを経て、十和田市長となり、イギリス訪問の機会に、かつて救い上げたイギリス士官と再会、親交を結んだ。傷ついた敵を救うという点では、戦争初期のころの日本海軍も負けてはいなかったのである。

そうした特攻出撃の続いていたある日、指宿基地の水上機特攻隊員たちは思いがけぬというか、信じられぬ光景を目撃することになった。

北九州を襲った米軍爆撃機の一機が、被弾したのであろう、煙を噴きながら沖合の上空を通りすぎようとしていたが、炎が出るとほとんど同時に、ゴマ粒のような人影がとび出し、次々と開く落下傘《らっかさん》で沖合へゆらゆら落ちて行く。

舟を出し、救うか捕えるかどうか、浜辺で騒いでいると、突然、別の大きな爆音が聞こえ、見たこともない大型飛行艇が着水、ゆっくり円を描いてアメリカ兵をすくい上げると、再び爆音を高くし、水しぶきをあげて離水。ゆっくり南の空へと消えて行った。それが、ほとんど一瞬の間の出来事。

隊員たちは声も出ず、見送るばかり。

いったいどう連絡し、どこから救援に来たのか。まるで魔法のよう。

こんなことがあっていいのか。いや、それがアメリカなのか。とにかく、味方の命を救うのが、アメリカ軍なのか。

同じ搭乗員というのに、こちらは命を捨てることだけが使命。これはいったい、どういうことなのか。見てはいけないものを見た感じで、そのことについて話し合うことは、ついぞなかったという。

それが指宿だけの光景でなかったことが、終戦後になってわかるのだが。

いや、救われたのは、アメリカ兵だけではなかった。同じ時期、沖縄の海で失神していたのを拾い上げられた特攻隊員も居た。

先に紹介したが、紀元節の日、宇佐航空隊での直井司令の訓示に仰天した長谷川薫大尉である。

五月二十二日、長谷川は美保基地から銀河十二機を率いて離陸したが、出撃した二十五日の沖縄上空は悪天候。

ようやく雲間からアメリカ艦船を見つけ、空母を求めて降下する途中、被弾。意識をとり戻したのが、敵駆逐艦「キャラハン」の艦内であった。

同艦艦長が「情報収集のため」という理由で、艦隊司令部からの回答を待たずに救い上げてくれていたのである。

ところが、長谷川が戦艦「ニューメキシコ」に移されたあと、このキャラハンは特攻機によって撃沈され、死者四十七名を出している。

戦後、長谷川は財界人（レンゴー株式会社社長）としてアメリカに渡り、キャラハンの乗組員を探し出して会う。そして、「自殺攻撃《スーイサイド・アタック》」がキリスト教的な道徳観では問題があることなどを知る。「武士道的死生観」や「戦争熱」が燃えさかる中での「軍人として命令に従う義務」などを持ち出して、応じはしたが。

このキャラハンは、安延多計夫《やすのぶたけお》著『あゝ神風特攻隊』には「キャラガン」とあるが、沖縄戦の終結によってすでに去った多くの駆逐艦同様、十八ヶ月間にわたる任務を終わって、修理と乗員の休養のため帰国も決まり、これでやれやれと、最後の哨戒《しょうかい》任務についている日、特攻機、それも宮古島経由で台中から出撃してきた九三式中間練習機、つまり「赤トンボ」に体当たりされ、搭載していた爆雷に引火、爆発したための沈没であった、という。

特攻のための人間爆弾「桜花《おうか》」は、初出撃では母機全機が撃墜され、発進さえできなかったが、その後、戦法を改善して、発進を続け、目標とする敵艦の至近距離の海面に落ちただけで、一・二トンという爆薬の威力で敵艦を大破させたりした。

関大尉の爆戦（爆装零戦《ゼロせん》）にはじまり、「桜花」から赤トンボに至るまでの決死行というか、必死行。

それは欧米人にとっては最後まで信じられぬもの、信じたくないもののようで、アメリカ側の戦記にもちろん感嘆の声はあるものの、怖《おそ》れ、憤《いきどお》り、憎しみ、罵《ののし》りなどもまた多い。

彼等にとって、進んで死に向かい、ためらいもせず逃げもしない人間ほどこわい存在は無かったからである。

日本陸海軍の上層部には、それがまた狙《ねら》いで、たとえ負けるにしても、「一億玉砕」をかかげて、最後の最後まで特攻をかけ、米英から譲歩を引き出すべきだとの声も強く、このため元首相広田弘毅《こうき》と駐日ソ連大使マリクとの間でひそかに進められていた交渉などもつぶされるなど、終戦工作はおくれにおくれ、広島・長崎など、さらに膨大な犠牲を出すことになって行く。

特攻出撃の主役が、こうして練習機白菊や各種の水上機に移りつつあった五月、国分基地にいた中津留大尉は、思わぬ派遣命令を受けた。「彗星《すいせい》隊を率い、美保基地へ移れ」というのである。

本土決戦に備え、精強な急降下爆撃機彗星を温存する方針がとられ、そのころには米機の空襲がある度に、日本海沿岸へ退避させられていたのだが、ガソリン不足もあって、今度は米子《よなご》近くの美保へ常駐せよ、というのである。

搭乗員たちにとっては、いまや文字どおり「去るも地獄、残るも地獄」の日々であり、先行き吉と出るか凶となるかはわからぬが、とりあえずは一服、ということになるかも知れない。

ただ、中津留大尉にとって一つ心残りなのは、妻保子が身ごもり、八月はじめに出産の予定。国分からならともかく、米子からでは、生まれてくるわが子の顔をいつ見られるかわからぬ。

もちろん、それは国家の大事の前では、とるに足りない。

中津留は彗星の編隊を率い、北へ旅立った。

九州、中国を一気に縦断し、日本海と中海にはさまれた基地へ、と。

三月と経《た》たぬうちに、その同じ空路を折り返しさせられ、思わぬ運命に巻きこまれることになろうとは、もちろん知る由《よし》もなかった。

二つの海に囲まれ、どちらを向いても地名どおりに美しい眺めの美保基地。松林の中に、部厚なコンクリート造りの大格納庫や、ヨーロッパ風のシックな洋館の司令部などが点在。

四

もちろん大小いくつもの掩体壕《えんたいごう》もできていて、堂々たる面構《つらがま》えの基地である。その狙《ねら》いが、対ソ戦への備えであったかどうかは別にして、本土決戦を控えた航空機集団にとって、最後で最強の根拠地という感じは十分にあった。

事実、そこには、「彗星《すいせい》」はもちろん、艦上攻撃機の「天山《てんざん》」、さらに大型の「一式陸攻」、それに「銀河」も居たし、「零戦《ゼロせん》」はもちろん、米戦闘機に劣らぬ性能といわれた「紫電改《しでんかい》」なども居たし、時速六〇〇キロを超す最高速の艦上偵察機「彩雲《さいうん》」も居るなど、新旧、大小、各種各様の海軍機が集まっていて、まるで生きている航空博物館の観さえあった。

このため、隊員もまたさまざま。

各地各様の航空隊から引き抜かれ、「特攻隊行き」と宣告されて来た人もあれば、「休養してこい」と言われ、ごく気楽にやってきた搭乗員も居た。

機種の多様さと同様、搭乗員もまた多様であり、知らぬ顔同士。

このため、中津留《なかつる》大尉《だいい》にとっても、飛行隊長である江間や、同期の本江《ほんえ》博大尉などを除けば、士官クラスでの顔見知りは居なかった。

まして、人数の多い下士官クラスでは、お互いに不案内であるだけでなく、士官に対して声もかけられない。その意味では、どこか冷々とした空気の底に集められているという感じがあった。

そうしたとき、二村《ふたむら》（現姓大島）治和《はるかず》二飛曹は、出会った士官から、いきなり声をかけられた。

「おう、ここに来たのか」

懐《なつか》しそうに声をかけ、握手までしてくれたのが、中津留大尉であった。

きびしい階級社会の海軍である。野中や江間といった豪傑タイプを別にすれば、士官がそんな風に声をかけてくれるのは、めったに無いことであった。

二村はおどろくとともに、嬉《うれ》しかった。この人に、三度つくことになろうとは、と。

最初、中津留には宇佐の練習航空隊の教官として育てられた。いや、鍛えられた。

それは、江間少佐の流れを汲《く》むもので、急降下爆撃の訓練は、地表の目標に向け、ふつうは高度六〇〇メートルまで突っこんだあと、機首を立て直す、というものなのに、江間や中津留の場合は、四五〇メートルまで突っこまされた。

中津留はまた、さまざまの高等飛行を演じさせてくれたし、自らの慣熟飛行に新任の軍医を乗せ、歓迎のためと称して、軍医がふらふらになるほどの曲技飛行もやって見せた。

二村は宇佐を出たあと、谷田部航空隊などを経て、国分《こくぶ》へ。そして、中津留に再会する。

そして、着任の挨拶《あいさつ》に行くと、中津留大尉に、まず訊《たず》ねられた。

「何か家庭に悩みは無いか。健康上、問題は無いかね」

それは、二村には、その場で飛び上がりたいほど嬉しい質問であった。

というのも、現に二村の足が飛び上がれない状態になっていたからである。

その三ヶ月ほど前から、左足にグリグリができていたが、外見では異常が無く、仮病と思われるのが癪《しゃく》で、がまんにがまんしてきたところであった。

二村が救われる思いで、そのことを話すと、

「そりゃいかん。すぐ医務室へ行け」

中津留は命令するというより、叱《しか》りつけるように言った。

おかげで、二村は入室（隊内の病室入り）、疲労性肉腫《にくしゅ》とかいう診断で、太い針で注射され続け、二週間で全快した。

この人の下でなら、どんなことにも耐えよう、どんなことでもしよう。そう思わせてくれていた中津留大尉であったが、それにしても美保での彗星隊の訓練は、怖いほど凄《すさ》まじかった。

宇佐で習った九九艦爆が安定のよい航空機であったのに比べ、彗星は九九艦爆の最高時速三八〇キロに対し五八〇キロと、戦闘機に劣らぬ高速。爆弾も九九艦爆の倍の重さを積む。

それほど操縦の難しい彗星に、美保では三機編隊を組ませ、急降下・急上昇はもとより、宙返り、横転、錐《きり》もみなど、やらせる。

一機でさえ怖いことを、三機が組んでやれば、危険は三倍どころではない。

だが、それは猛訓練のための猛訓練ではなく、それをやり抜かねば、特攻そして特攻死が成就《じょうじゅ》しないからである。

このころの特攻は、単機で多方向から突入するという戦法をとっていたが、待ち伏せている敵戦闘機群に食われてしまい、目標水域へ到達できない。

といって、掩護戦闘機隊があるわけでなく、やむなく彗星が三機編隊で敵戦闘機群とわたり合い、そこを突破した上で、体当たりに向かおうというのである。

同じ特攻死するにしても、無駄死ににに終わらせず、少しでも戦果をたしかなものにする。そのための最後の猛訓練であった。


このころ、中津留大尉が津久見《つくみ》の両親宛《あて》に送った手紙が残っている。

〈拝啓　暫《しばら》くの御無沙汰《ごぶさた》御容赦下され度候《たくそうろう》。転勤してより早三ヶ月も経過致し、其《そ》の間毎日愉快な生活を送りをれど、未《いま》だ攻撃の武運にめぐまれず、相済まず。しかし、其の秋《とき》も遠からず来る事になれば、悠々技を練り、好機を待つべく候〉

二村たちベテラン搭乗員が怖がるような猛訓練をしているのに、〈悠々技を練り〉であり、〈毎日愉快な生活〉と。

両親を明るい気分にさせたいとの思いもあったであろうが、屈託の無い中津留にとっては、案外それが実感であったのかも知れない。

続いて中津留は妻のことに触れる。

〈保子も臨月となり、もはや大丈夫と思はれ候へども、別に何一つ心残りとて無之候〉

そうは言いながらも、幼な妻のこの先が気にならぬわけがない。

〈唯《ただ》、保子も若年にて世の荒波を知らざれば、手を取りてご指導下され度候。一緒になりて分けへだてが生ずるとは考へざるも、祖先と子孫の為《ため》によき様、子供と保子をお願ひ仕《つかまつ》り候〉

これは一般論としてのお願いだが、現実的な問題についても、幼な妻をかばうようにきちんと触れている。

〈子孫の為に金銭を残すなと申す言葉あれど、又必要なだけの費用は、入用なるべく候へば、達雄の運命の解決がつくまでは、さし当り子供の養育費として保子の方に家族渡しにして俸給を送る事に致し候〉

うっかり「自分が生きてる間は」とでも書くところだが、それでは両親がその裏というか、先を読んでしまう。

〈運命の解決がつくまでは〉とは、よくよく考えての苦しい表現である。

それに家が中心の時代であり、まして軍人であれば、一家の家長宛に送金するのが、ふつうかも知れない。

その点についても、中津留は両親への心くばりというか、両親の顔も立つよう気を配る。

〈金銭の事でとやかく軍人が申すのは本意に非《あら》ざるも、ご承知下され度候。但《ただ》し、御上より送金された金子は、必ず両親には御見せ致す様申し聞せおくべく候
生活費に窮する事あれば、此《こ》の中よりおさき下され度候
又現状に於《おい》ても毎月入用なれど、其の金高、御通知下され度候。保子に差上げる様命じ申すべく候〉

嫁との間で少しでも摩擦などおきぬようにとの願いが、痛いほど伝わってくる。
手紙は次のように結ばれる。

〈保子は我妻なれども、父上母上の娘となりたるなり　親子の間なれば、右様にて差支へなきものと考へ候
戦局も沖縄にて一時は喰ひ止めあれど、楽観を許さざる状況にあり、不肖も身を以《もっ》て此の戦局にぶつかり申すべく候
達雄より　草々
御両親様〉

軍艦が沈むとき、総員を退去させ、艦長は身を艦橋に縛《しば》りつけ、艦と運命を共にするのが、帝国海軍の伝統のはずであった。

いや、米英の軍艦でも、その例は珍らしくなかった。

ところが、その点で凡人が首をかしげたくなるのが、大西瀧治郎《たきじろう》、宇垣纏《まとめ》という二人の航空艦隊司令長官の「陣地変更」という名の脱出である。

フィリピンでは、一月十日、包囲する形で迫ってくるアメリカ軍の中から、大西中将が幕僚を引きつれ飛行機に乗って、「陣地変更」することに。

それを報《しら》された基地司令の佐多直大《なおひろ》大佐が大西のところにやってくる。

そして、短かく言葉を交わしただけで、佐多司令は長官を見送ろうともせず、引き返して行った。

大西は門司親徳《ちかのり》副官に命じて、佐多を呼び戻させ、佐多が来ると、いきなり、

〈「そんなことで戦《いくさ》ができるか！」

と、低い声でいうと同時に、長官の右の拳《こぶし》が司令の頰に飛んだ。バシッという音がして、司令が一歩よろめいた〉（『回想の大西瀧治郎』）

と、門司が記すシーンが展開。

こうして飛行機の無い航空隊員一万五千四百人はとり残され、その結果、生存者は

僅《わず》か四百五十余人になってしまった。

ただし、その中で、最後までよくまとまっていたのが佐多の指揮する部隊であり、〈大西長官にいわれたひと言が、胸の底に残っていたのではあるまいか〉と、門司は推測する。

一方、宇垣については、この種のエピソードは残って居《お》らず、米英中三国による無条件降伏勧告に対し、逆に〈三国に対し無条件降服を勧告すべし〉と記した翌日、七月三十日の日記の欄外に、

〈大分に陣地変更を決し参謀長及幕僚の一部夕刻零式輸送機にて鹿屋《かのや》発大分安着〉

と記し、その後に、

〈水交社に鹿屋市長、助役、警察署長、憲兵隊長を招待し士気を落さず今後の指導を依頼するつもりなりし処《ところ》、市長、助役は連絡不良の為遂《ためつい》に来《きた》らず寂しき晩餐《ばんさん》となれり〉

とある。

飛行機の時代が来る、と見た篤志家《とくしか》が鹿屋に居て、地域振興のためにもと早くから飛行場を建設するなどし、海軍航空隊を誘致したのが、鹿屋基地の由来であり、このため、町と航空隊とは、互いに育て育てられる形で、そこまで大きくなってきた。

その航空隊が一方的に俄《にわ》かに町を棄《す》て、市民を放り出して後退するなどとは市民が思ってもみなかったことであり、市長を中心に陳情や抗議をくり返したが、まるで相手にされなかった。

市側としては、腹が立つやら、泣きたくなるやらで、晩餐とやらに招待されたからといって、おめおめ行けるか——というのが、真相のようであった。


宇垣のこの「陣地変更」に連動し、五航艦司令部は、美保基地から彗星一ヶ中隊を大分へ派遣するよう命令してきた。

司令部所在の基地というのに、攻撃部隊が不在ではおかしい。

そこで五航艦司令部は、とりあえずこの命令を出したのであった。

さて、その指揮官を誰にするかで、飛行隊長の江間は、珍らしく人選に悩んだ。

先に着任ということでいえば、本江博大尉であり、本江もそのつもりでいた。

一方、中津留大尉の実家は大分に近い津久見に在り、はじめての子がその家で生まれたばかり。

人情家肌の江間としては、中津留が鈴子と名づけたというその子を見させてやりたい。もちろん妻の保子や両親にも会わせたい——。

こうして、中津留が派遣隊長に決まり、隊員は中津留が選んだ。

もともと中津留は命令形ではなく、

「おい、最後の仕上げをやろうじゃないか」

と、三機編成による高等飛行で部下を鍛え、出来がよいと、

「よかったなぁ、ようついて来たなぁ」

と、自分のことのようによろこんでくれたが、実はそうした訓練をしながら、信頼できる部下を選んで居たのではないかと、二村治和は言う。

いずれにせよ、選んだ十九機の部下と共に、彗星隊は美保を後にした。とにかく、全機無事に大分へ着くのが、至上命令である。

このため、米機の来襲コースである豊後《ぶんご》水道は避け、西寄りに機首を向けた。

ところが北九州上空には黒い点々が浮かんでいる。敵戦闘機の待ち伏せかと緊張したが、それは実は敵機の侵入を防ぐため、巨大なネットを空中に浮かせている気球の群とわかり、一安心。

ようやく大分近くなり、高度を下げはじめたところで、今度は陸軍陣地から高射砲で撃ちかけられた。

中津留は急いでバンクつまり翼を振り、友軍機であると報《しら》せ、ようやく射撃は停まった。そこまで軍の質は落ち、一方、脅えだけが深まっていた。

いずれにせよ、大分基地に落着いた中津留は、お七夜に当たる日、津久見に戻り、はじめて娘の鈴子を見る。

帰隊して、その感想を問われると、照れくささのせいもあって、「子猿みたい」。

赤ん坊とはそういうもので、命名どおり、鈴子は涼やかな女性に育って行くのだが、中津留は再び見ることはなく、一回限りの父子対面に終わった。

一方、大分基地では、燃料や部品の不足などのせいもあって、飛行作業よりも壕《ごう》づくりなどの地上作業に明け暮れる日々が続いた。

父娘対面のチャンスを与えてくれた江間少佐に宛《あ》てたかと思われる「隊長殿」宛の手紙が残っている。

〈御書面並びに第一回発送の酒保、物品、確《しか》と受取り申し候　酒、煙草《たばこ》が格別、早速配分、一同大いに喜び候　西海空の冷淡なるに反し温き親心を感じ候〉

空襲に備え、隧道《ずいどう》の中に作戦室も七十人分ほどの寝室も完成したばかり。

飛行機もまた掩体《えんたい》壕の中に置いてあるため、整備などするにも不便だし、全面爆撃に備え、それらが広く分散しているため、飛ぶまでには時間がかかる。

いや、さらに不便で気になるのは、

〈宿舎地帯は、広範囲に分散しあり、且《かつ》民家なるため、全然通信機関なく、一々自転車を走らせ居り候　各部との連絡誠に不自由に候〉

この手紙を追うように、八月七日付の国分に残留している七〇一航空隊の「司令殿」宛の手紙では、〈司令部とよく連絡をとり〉〈腹中の御考へをよく聞き置くべく候〉などと述べた上で、中津留は思い余ったように書く。

〈出来得れば、他に派遣隊指揮官を戴《いただ》き度、中津留事攻撃に当り、役立つべきも　地上指揮官にては役立たざるべく候〉

地上部隊の指揮官的な仕事には不向きであり、本来の攻撃という任務で役立たせて欲しい、との訴えである。

それにしても、戦況はもちろん、隊内外の情報さえ十分届かぬ状況に置かれていては、中津留ならずとも、誰が指揮官としてつとまるだろうか。

その一方、司令長官の宇垣の手もとには、日々刻々、かなり正確な戦況や情報が届いていた。

国内での発表や情報については、かなりの割引や修整が必要だが、そのためには、海外からのニュースが参考になる。

五航艦司令部の通信室勤務であった野原一夫の『宇垣特攻軍団の最期《さいご》』によると、そこでは、二世を含めた英語に堪能《たんのう》な士官たちがサンフランシスコ放送を傍受し続け、関連のあるものについては、直ちに日本語に訳して、宇垣に届けていたからである。

サンフランシスコ放送が日本に届いたのは、冒頭で紹介したオアフ島のカフク岬の巨大な無電塔によって、強力な電波に乗せ発信されていたからであろう。

もっとも届けられるサンフランシスコ放送の内容は、宇垣にとって面白くないものばかりであった。

ポツダム宣言がらみの和平交渉が進められていること、それに広島に落とされた原子爆弾一発が、B29の搭載する爆弾の実に二万発分の威力があること等々。

原子爆弾については、さすがの宇垣も〈真に一驚異〉と驚きを隠さないが、とにかく対策を立てるとともに、日本でも〈同様爆弾の創始を望むものなり〉などと、高望みというか、強気を崩さない。

八月九日、ソ連の参戦。

そして八月十日、幸か不幸か、宇垣はついに生前知ることはなかったが、深夜の御前会議で、天皇御自身が「速やかに戦争終結を」と強く主張され、これによって、ポツダム宣言の正式受諾が決まった。

〈一億ゲリラ戦を〉と望むばかりの宇垣にとっては、耐えられぬ展開となって行く。

これらの情勢と無縁のままに置かれていたのは、大分基地の中津留隊だけではなかった。

八月十一日には、喜界島から五航艦麾下《きか》の神雷《じんらい》爆戦隊五機が出撃、突入電を打ってきた。

「神雷」と名乗りはするが、陸攻機搭載による人間爆弾「桜花《おうか》」による攻撃ではなく、五〇〇キロ爆弾を抱えた零戦隊であり、関大尉《だいい》指揮の最初の神風特攻のスタイルである。

さらに八月十三日には、同様な神雷爆戦隊が発進しようとし、すでにプロペラが廻っているところで「出撃中止」命令。

翌朝夜明け前に沖縄へ向けて出撃ということで、機に乗りこんで待機していると、このときも、また中止。

情報というか指揮系統が混乱し、特攻隊員たちは覚悟しては引き戻される、のくり返しであった。

八月十四日の夜、大分の中津留隊では、ささやかな異変が起きた。横穴壕二段ベッドに居た下士官たちのところへ、突然、酒を持って中津留大尉が現われたのである。

一度に歓声が沸き、下士官たちもまた酒をかき集めてきて、にぎやかな宴となった。もっとも、中津留は夜ふけまでのみはしたが、そこへ泊ることはなかった。戦況は逼迫《ひっぱく》しており、不時の出撃がいつあるかも知れない。そのためには二日酔いにならぬよう、十分に睡眠をとっておくべきだ、と。

十四日はまた混乱の一日であった。朝には「敵撃滅命令」なるものが出たが、夜には、航空艦隊を含む連合艦隊すべてを統轄《とうかつ》する海軍総隊司令長官の小沢治三郎中将から、「対ソ及対沖縄積極攻撃中止」の命令が、大分の五航艦司令部にも伝えられた。宇垣はそれを承知で、まるで反撥《はんぱつ》するように翌日のための出撃命令書を書かせた。もちろん、これらの動きについて、中津留は一切知らされていない。

そして、八月十五日。

正午には天皇のお言葉の放送がある旨《むね》、ラジオは朝から予告をくり返していた。また、サンフランシスコ放送は、日本がポツダム宣言を正式に受諾し、戦争が終わったた旨報じており、それらは刻々宇垣に伝えられていた。

それでいて、宇垣は中津留大尉を呼びつけた。

「七〇一空大分派遣隊は、艦爆五機をもって沖縄敵艦隊を攻撃すべし。本職これを親率す。第五航空艦隊司令長官　中将宇垣纒」

というのが、参謀に書かせた命令書だが、命令書は渡さず、口頭で伝えた。

情報を絶たれていた中津留は、おかしな表現だが、ふつうの特攻だと受け取った。

かねて覚悟してきたとおり、ここまで温存されてきた彗星《すいせい》の出番が、いよいよ来たのだ、と。

そこで中津留は五機の搭乗員の編成割りを書いて貼《は》り出すと、大騒ぎになった。外された隊員たちが、なぜ外すのか、なぜ残すのか、と。

中津留の下で、死物狂いの編隊飛行をくり返すなどして、格別に連帯感の強い隊員たちであった。

中津留は部下の気持を考えただけでなく、特攻の効果を考えた。

五機より十一機で多方向から攻めこんだほうが、もちろん成功の確率は高くなる。

江間がくり返し言っていたように、「犬死するな。戦果をあげることだけ考えよ」という線からすれば、十一機まとまって出撃するしかなかった。

宇垣長官親率の件について、中津留が触れなかったのは、特攻隊編成について直接関係の無いことであり、長官の姿を見れば、わかる話。何もあらかじめ披露しておく必要は無い。

むしろ、そのことが隊員たちに余計な気をつかわせたりするのを避けるべきではないか。いや、当の中津留自身も「親率」の理由を聞かされていない。

最後まで温存しておいた精鋭部隊を出撃させる以上、もはや五航艦の最期であり、宇垣としては艦と運命を共にする艦長同様に、自らも運命を共にしたい——。

そうした熱意というか決意の表われと、中津留は受けとめていたようである。

ところが、その攻撃目標が、最初は「沖縄水域」であったのに、「東支那《しな》海を北上中の米艦船」に変わり、さらに、それが誤認であり、誤報であるとわかった。このため、

「敵機動部隊は本土攻撃を中止して沖縄へ引き返したので、東支那海での攻撃は中止する。ただし、搭乗員は現在地で待機」

ということになり、とりあえず、隊員たちは土手の上で赤飯の缶詰を食べることに。

遠くに整備員の一団が整列し、何かを聴いている姿が見え、やがてその整備員に接触した隊員の一人が「戦争は終わったようだ」と伝えたが、まさかと相手にせず、出

撃に向けた気持はゆらぎも薄れもしなかった。

こうして、午後四時近く、沖縄水域への出撃と決まり、隊員たちは指揮所前に整列したが、そこへ黒塗りの三台の車が着き、その先頭の車から、宇垣長官が降り立ち、迎える幕僚たちは、それまで見たこともない表情に。

司令長官も一緒になって出撃とわかり、隊員たちは驚きの声を上げ、顔を見合わせた。

一方、宇垣は宇垣で、用意されていたのが五機でなく十一機であるのに目をみはり、

「たしか五機と命じたはずだが」

これに対し、中津留が叫び返した。

「長官が特攻をかけられるというのに、たった五機ということがありますか。わが隊の全機でお伴します」

宇垣は大きくうなずき、念を押すように、

「そうか。みんな、俺と一緒に行ってくれるのか」

「行きます！」

隊員たちはいっせいに声を上げ、右手を突き出した。

宇垣はこれに応《こた》え、短刀を持った右手で宙を突く。

その短刀は、宇垣が山本五十六《いそろく》元帥《げんすい》から貰《もら》ったもの。

宇垣は連合艦隊参謀長時代、山本司令長官と二機に分かれて前線視察に出たが、ブイン沖で敵戦闘機に襲われ、山本機ともども撃墜された。ただし宇垣機は不時着水して宇垣は生還。以後、「山本元帥の仇を討つ」というのが、口癖のようになっていた。

短刀を天に突き上げたのは、その思いをこめてのことでもある。

そして、このときも、

「わしはこの特攻が成功しようが成功しまいが、機上で腹切って死ぬ」

と言って短刀を見せたが、宇垣は目に涙を浮かべていたと、川野和一飛曹は言う。

宇垣はまた、

「偵察員は要らぬから、残るように」

と言ったが、偵察員全員が反対したので、そのままに。

ただ、中津留の操縦する一番機に宇垣を乗せるためには、後部の席を空けねばならぬのだが、遠藤秋章《あきちか》飛曹長が降りるのを拒み、結局、宇垣が偵察員席に股《また》をひろげる形で坐《すわ》り、その前の床に遠藤が膝《ひざ》をつくという窮屈な姿での出発となった。

長官自らの出撃というので、この間、カメラが向けられていたが、その連続写真についての感想の一つを紹介する。

〈長官のすぐ前の操縦席で発進準備中の長身の士官が俯《うつむ》き気味に計器を点検している。その後姿を見た瞬間、えも言われぬ「悲愁」と「無常」を感じ、しばしそのお姿を見つめていました〉

筆者は、神戸商業大学（現神戸大学）出の穎川《えがわ》良平主計大尉。学生飛行連盟に居ただけに、操縦員中津留の後姿に人一倍痛切なものを感じてのことであった。

こうして一機また一機と離陸。中津留の指示どおり編隊は組まず、東の豊後水道沿いを六機、西の東支那海に向け五機と分かれ、五〇〇〇メートル目指して高度を上げて行った。

死出の旅路に就いたこのとき何を思ったか。二村（大島）治和一飛曹は言う。

「阿蘇《あそ》がとてもよく見えたし、まわりの山々の緑が濃くて、日本はきれいな国なんだなあと、あらためて思いました。でも、感傷的になるとか、深刻な感じでなく……」

かねがね覚悟はさせられてきたし、十代で独身というせいもあってか、遠足にでも行くときのような感想であった。

もっとも、この二村機はエンジン故障そして停止のため、川内《せんだい》市西方《にしかた》海岸へ不時着水する破目に。他にも、やはりエンジン・トラブルで一機、不時着水する。

このころは、部品不足や燃料の質に問題があったりして、エンジン不調が珍しくなかった。

現に、この日の出発に当たっても、中津留は自分の愛機のエンジン音に首をかしげ、指揮する一番機のことであり、また決死の宇垣長官のためにも、事故で不時着してはならぬと、他機に乗り換えた上での出撃であった。

果たして、つまり、本来、中津留の乗るはずだった機は、エンジン故障を起こし、途中で不時着している。

逆にいえば、機を交換していなければ、中津留らは命永らえることになったかも知れない。

一方、目指す沖縄水域へたどり着いた機にも困ったことが起る。

川野和一一飛曹は言う。

「索敵しても、敵は居《お》らん。敵が居ったら撃ってくるだろうしってんで、高度三〇〇〇メートルぐらいまで降りたけど、全然撃って来へんしね。軍艦も船も居らんし、これはおかしいと思ったし、敵影を見ずではどうしようもないというので、引き返すことに」

無理に八〇〇キロ爆弾を積んだため、燃料をその重さ分だけ減らしており、その限界ぎりぎりまで飛んで、鹿児島湾へ不時着水した。

中津留隊十一機のすべてが大分を飛び立った時刻は、夕方に近かった。

その後、各機各様の動きがあったわけだが、大分の司令部に連絡が入ったのは、ほぼ二時間半後。

中津留機上の宇垣長官からの指令で、かねて宇垣が司令部に用意させておいた訣別《けつべつ》電を指揮下の各部隊に発信せよ、というもので、それは、

「過去半歳ニ亘《ワタ》ル麾下各隊勇士ノ奮戦ニ拘《カカワ》ラズ、驕敵《キヨウテキ》ヲ撃砕皇国護持ノ大任ヲ果スコト能《アタ》ハザリシハ本職不敏ノ致ス所ナリ」

から始まり、

「部下隊員ノ桜花ト散リシ沖縄ニ進攻皇国武人ノ本領ヲ発揮驕敵米艦ニ突入撃沈ス」

を主文とする二百五十字ほどのものだが、現実にこの時点ではまだ敵艦も発見せず、また「突入撃沈」に至っていない。

というのも、「第一ニ空母　第二ニ戦艦　第三ニソノ他艦船　第四ニ泊地施設」という攻撃目標のいずれかを発見したが、敵にまだ気づかれて居らず、突入態勢に入る——という「トラトラトラ」つまり真珠湾攻撃と同様の「ワレ奇襲ニ成功セリ」と打

電してくるのは、それから一時間後の午後八時二十五分だからである。そして目標めがけ体当たり攻撃に入る長音符を打ってきたが、これがふつうよりは長かった由《よし》。

この最後の特攻隊、とくに中津留・宇垣機の戦果というか、行方については、アメリカ側資料や各種の証言を松下竜一『私兵特攻』や秦郁彦《はたいくひこ》『八月十五日の空』などが紹介している。

それぞれの間に若干の食いちがいはあるが、中津留機他一機が、沖縄本島の本部《もとぶ》半島の北約三十キロに在る伊平屋《いへや》島に突入したことは確実。

それ以前に近くの水域で突入した搭乗員がその島に泳ぎつき、島民にまぎれこんで難民収容所で暮らしていたが、八月十六日の朝、作業のため前泊《まえどまり》の米軍キャンプ近くへ来て、日本機の残骸《ざんがい》や遺体の搬出を目撃している。予備学生十三期の飯井《いい》敏雄少尉といい、いまは伊平屋島と橋ひとつでつながる小島に居住とわかった。

私は、それこそ飛び立つ思いで沖縄へ。

那覇《なは》空港で降り、沖縄本島を北へ縦断し、運天港へ。

そこから、日に二便の伊平屋村営のフェリーに乗り、約八十分の船旅という道程である。

本島から遠ざかると、一面に濃いエメラルド色の海。

しばらくして、進行方向左手に伊江島が見えたが、その先もまた波また波。

だが、私は少しも退屈しなかった。波間から浮き上がり語りかけてくるものがあったからである。

この海には、数え切れぬほどの特攻隊員が沈んでいるはずである。

空に海に、幾重にも幾段階にも待ち構えている米機や米艦船の群。

重い爆弾を抱えて飛んでくる特攻機は、願ってもない獲物《えもの》である。まして、それが水上機や赤トンボとあっては。

村営フェリーの後甲板で、そうした思いにふけっているうち、波間から硝煙や火炎で真黒になった人々の頭が、例えはわるいが、海坊主《ぼうず》のように一つまた一つと、次々と浮かび上ってきた。

船が進んでいるのに、その人たちとの距離は少しも変わらない。眼だけ光らせた真黒な顔。

指宿《いぶすき》では、飛行服姿の特攻隊員が美しく金色に輝やく階段を、金色の大きな幕に包まれるようにして、天に去って行く夢を見た――という当時の少女の話があった。

だが、ここ沖縄の水域で私が見ている白昼夢は、いつまでも成仏《じょうぶつ》できず漂う男たちののっぺらぼうの黒い顔であった。

特攻隊員たちの霊は、その二極の中で、いまも宙に浮いている、ということなのだろうか――。

物思いにふけっているうち、フェリーは伊平屋島前泊の岸壁に着いた。

終戦のほぼ二ヶ月前、一万の米軍が上陸してレーダー基地を設け、その後、米軍キャンプとして利用していた地区である。

島の男たちは軍関係に召集されて、残っているのは、老人や女子供たち。「一億ゲリラ戦」と言われても、とても戦いようが無い――との当時の村長の判断で、戦火を交えることなく、米軍を受け入れた。

おかげで、島民たちは島内の限られた地区に集められたが、昼間は田畑を耕すことも許されるなどして、沖縄の他の島々に比べれば、まずまず平穏な暮らしを続けていた。

近くの水域で撃墜されて島に泳ぎ着いた飯井敏雄など二人の搭乗員と一人の諜報《ちようほう》将校も居たが、村民の中にまぎれこんでいた。

八月十五日夜、前泊の米軍キャンプでは、戦争が終わった、もう爆弾は関係無いと、明々と電灯をつけ、勝利を祝うビア・パーティ。

にぎやかな音楽や騒ぎ声が、山ひとつ隔てた島民の隔離地まで聞こえていた。

そして、突然、爆音が迫ったかと思うと、その前泊方向から大爆発音がし、大きな炎の柱が立ち上った。

何事かと思っていると、さらに近くで、もう一度、大爆発音。そしてまた、炎の柱。

夜空を明るくしていた米軍キャンプの灯が消え、あわただしく人や車の動く気配。

だが、島民には何が起ったかわからぬまま、夏の夜は明けた。

島民に化けていた飯井敏雄少尉《しょうい》は、十六日早朝、給食関係の作業のため前泊へ来た。

そして、海岸沿いの道路上から、前泊沖の泊地を右手から抱くようにしてのびている小さな岬の上に、見おぼえのある海軍機の残骸が引っかかっているのに眼をみはった。

尾翼に残った01という数字から七〇一航空隊の彗星《すいせい》とわかったのだが、終戦後になぜ、そこへ突入してきたのか、合点が行かない。

その手前の砂浜ではジープが動き出したが、飯井はまたまた眼をみはった。

砂浜に三人の搭乗員の遺体があり、その足首にロープをかけ、無造作に曳《ひ》きずりはじめたのである。

痛々しくて叫びたくなったが、素姓がばれてしまう。小さく合掌して見送る他なかった。

そして、その帰途、いま一機の突入現場も知った。

そちらは米軍キャンプの真上を通り越す形で、その先にひろがる水田の中に突っこんでいた。すでに片づけたらしく、そちらに遺体はなかった。

二機とも米軍キャンプ目がけてまっすぐ進入しながら、その直前で一機は左の岩礁《がんしよう》へ、一機は直進はしたが、米軍キャンプをかすめて、その先の水田へという形である。

それは爆弾もろともの爆発というのではなく、両機とも、爆弾は海中に投棄してきたと思われる。

もともと燃料を減らしてまで大型爆弾を積み、敵艦船も見つからぬまま飛び続けているうち、沖縄のいずれかの泊地にたどりつく前に燃料切れになりそうで、空《むな》しく水中に落ちるよりは、爆弾抜きででも泊地へ突入を、ということになったのであろう。

大分からの機中、宇垣と中津留との間に伝声管を通して、どんな会話があったのか、わからない。

ただ、敵機も敵艦船の姿も全く無いことから、中津留は疑問を感じ、その結果、戦争が終わり、「積極的攻撃中止」命令が出ていたことを知る。

同時に宇垣も考え直し、キャンプ突入をやめさせたとの推理もあるが、そうであれば、危険を冒してまで接近する必要は無い。

二人の間で話がつかぬまま、あるいは、長官命令に逆らうことになろうとも、その長官が勅命に反《そむ》いている以上、中津留は長官の言うがままにはなれない。

そのとき、天地の暗闇《くらやみ》の中で、ただ一ヶ所、煌々《こうこう》と灯のついた泊地が見えてきた。

泊地は、中津留隊の第四の攻撃目標であり、宇垣は突入を命ずる。

もはや議論の余裕は無く、中津留は突入電を打たせ、突入すると見せて、寸前、左へ旋回する。

突入を知らせる長音符がふつうより長かったという司令部通信室の証言が、それを裏付ける。

編隊での高等飛行で中津留に鍛え上げられてきた部下は、指揮官機の意図を瞬間に読みとり、もはや方向を変える余裕も無いまま、機を引き起し、キャンプの先へ――

というのが、現地に立っての私の推理である。

俄《にわ》か島民である飯井少尉は、前日、島の主婦の一人に訊かれている。

「『もう日本もアメリカもノー・ボムでハッピイ』とアメリカ兵がにこにこしてたけど、ノー・ボムって、何のこと」

もう爆弾が落ちることも落とすことも無い。それはお互いに幸せだ——と言ったのである。

だからこそ、明々と照明をつけた中での破目をはずしたビア・パーティの大騒ぎ。

そこへ、泊地が第四の攻撃目標というので特攻機が二機続けて突っこんでいたら——。

断交の通告無しに真珠湾を攻撃した日本は、今度は戦争終結後に沖縄の米軍基地へ突入したことになる。

騙《だま》し打ちにはじまり、騙し打ちに終わる日本は、世界中の非難を浴び、軍はもちろん、あれほど護持しようとした皇室もまた吹き飛ぶことになったかも知れない。

そうでなくても、軍は政府の命を受けて動くという国際常識から、連合国は天皇を戦争裁判にかけることを考えていた。

実は日本では、広田弘毅《こうき》元首相が親しい人に漏らしたように、「長州がつくった憲法が日本を滅ぼした」、つまり、陸海軍は天皇が親率するという「統帥権《とうすいけん》の独立」をふりかざして、政治を踏みにじり、暴走に暴走を重ねて居《お》り、天皇がその軍の頂点である以上、天皇を裁くのは当然、というのが連合国側の考え方であった。

広田は生き残りの文民政治家として、連合国側の言う「政治」の責任を一身に背負おうと、自分を弁護する機会である東京裁判の法廷では、一言もしゃべらず、それらすべてを肯定して一身に罪を引き受け、処刑された。

一方、近年公開された裁判記録によると、裁判前には罪状づくりに利用されまいと、検事に対して他の被告がつとめてしゃべるまいとしていたのに、検事側がおどろくほど広田がしゃべっていたことが、わかった。

つまり天皇が裁かれることのないように、自分が少しでも罪を多く引き受けようというそれこそ決死であり、必死の行為であった。

こうして皇室は安泰であり、戦後日本の安定も保たれることになったが、必死の中津留機の目標転換も、同じ流れというか、似たような役割を果たした。

中津留機とその列機が、とっさの間に、第一から第四の攻撃目標を捨て、目標でない目標、岩礁や水田という第五というか番外の目標に突っこんだことで、日本は平和への軟着陸ができたといえるのではなかろうか。

関行男と中津留達雄。

兵学校同期であり、宇佐航空隊での実用機教程を共にした数少ない仲間。そして、共に新妻を残し、若き指揮官として部下を率いて出撃。同じ二十三歳で世を去った。

一人は神風特攻の幕開けをし、いま一人は神風特攻に幕を下ろして。

彼等の幸福は花びらのようにはかなかったが、しかし、事はそれで終わりはしなかった。

敗戦によって、特攻隊員やその遺族を見る世間の目は一変した。

「石もて追われる」という言葉どおり、神風第一号の関大尉の母サカエは親戚《しんせき》の小野家に居たあと、別の家に移っていたが、その家に石を投げこまれた。このため、大家から「即刻立ち退き」を迫られ、文字どおり石もて追われて、また別の家に。

サカエは三年近く、知人宅の物置き部屋にかくまってもらうことになる。

それだけならまだしも、

「関大尉は実は戦死などせず、石鎚山《いしづちやま》にひそんでいて、ときどき、こっそり母親と会っている」

という噂《うわさ》が流れた。

ほぼ同年輩の関の又従兄弟《またいとこ》が訪ねてきたのを見ての誤解というか、曲解であった。

とはいえ、もともと話下手で、人づき合いの少ないサカエは、一々弁解して廻るわけにも行かず、用でも無い限り、外へも出ぬ日々となった。

行男の墓をつくるため大事に預けておいた弔慰金では、もはや墓地を手に入れることもできなくなった。

早くつくっておけばよかったのだが、サカエには未練があって、どうしてもその気になれなかった。行男の遺髪はとりあえず関家の墓に納め、お詣《まい》りもしているが、関行男のための墓をつくり、そこへ行男ひとりを納めてしまえば、行男はすっかり別の世界の存在になってしまう。

中学生の行男から聞いていまも忘れられない言葉の一つに、「過去完了」というのがある。

ハイカラなようで、坊さんの言葉のようにも思え、自身の不幸な人生に引導を渡すつもりで、口にもしてみたのだが、逆にいまは、墓に納《い》れてしまえば、最愛の一人息子がその「過去完了」の世界へと行ってしまう。サカエの中で、いまもたしかに生き続けている息子なのに。

目も開けられぬまぶしい日々があったことなど、いまは夢のようであった。

いや、あのときでさえ、サカエは嬉《うれ》しいより悲しかった。栄誉や賞讃《しょうさん》など、お釣りをつけて返したい。

墓とは別に、りっぱな慰霊碑が建ち、毎年慰霊祭が行われるようになったが、「神風特別攻撃隊」の名づけ親である源田実が来ると聞いてから、サカエは参列しなくなったという。

畠《はたけ》仕事の手伝いや薪拾い、行商に出たりと、サカエの生活も落着かなかった。

そうしたとき、思いがけぬ嬉しい話が、縁者を介して持ちこまれた。

石鎚山から流れる川の谷間に在る、中学校も併設した小さな小学校の小使いにならぬか、と。

交通が不便なので、一部の教員や児童のための宿舎もあり、サカエも働きながら、小使室で寝起きもできる、という。

小躍りして、サカエはその仕事にとびついた。昭和二十三年八月のことである。

朝早く湯を沸かすことから始まり、お茶汲《く》み、掃除、給食の世話など。小中学合わせて百五十人ほどとはいっても、かなり忙しかったはずだが、サカエは愚痴をこぼしたことがない。

むしろ、子供たちと仲良しになり、慕われたりするのを、よろこんでいた。子供のころの行男を思い出しもしたであろうが、心を暗くする雰囲気ではなかった。

だが、高血圧が進んでおり、その谷間で働き出して五年ほど後、昭和二十八年十一月、村の雑貨屋の店先で倒れ、戸板で小使室まで運ばれ、絶命した。ときに五十五歳であった。

谷間の小さな学校、いまは廃墟《はいきょ》も同然だが、サカエが最晩年を送った校舎の一部がまだ残っているというので、私はサカエの遠戚筋で童話作家の大西伝一郎に案内され訪ねてみた。

谷間沿いに車一台が辛うじて通れるほどの狭い道がくねくね曲りながら続いていたが、ついには車も乗りすて、谷へ下りて行く。

かつては山仕事や、蒼《あお》みを帯びた石材を掘り出すなどという仕事があり、また石鎚詣《もう》での人の参道でもあったのだが、木材は輸入材に市場を奪われ、石材のめぼしいものは掘り出され、別の参道にロープウェイが設けられるなどして、その地区は無人も同然になり、藪《やぶ》や雑草だけが猛々《たけだけ》しくのびていた。

その中に分け入ろうというとき、大西に注意された。

「いまは△△△の旬《しゅん》ですから、気をつけて下さい」

その△△△が耳馴《な》れぬ言葉なので、訊《き》き直すと、「マムシ」のことであった。

戸を開けるのもたいへんな小使室。

荒れてはいたが、ふしぎなあたたかみが残っていた。小使室そのものへの懐《なつか》しさもあるが、サカエと子供たちとのあたたかな息づかいが、いまも残っている感じがした。

晩年は「子供たちが可愛《かわい》くて」が口癖であったというサカエのそこでの姿をひととき想像してから、小使室の外に出、空を見上げようとして、私はとまどった。

谷間が余りにも狭く深くて、ただ仰ぐぐらいでは空が目に入らない。

首を九十度、ほとんど水平に折り曲げて、はじめて細い帯のような空が目に入った。

子供たちが次々と広い空、広い世の中へ巣立って行くのに、いつもそうした細い空しか見られなかった関サカエ。

飛行機乗りとして特攻死した息子のことを思い出させまいとするかのように、あまりにも狭い空。痛ましくて見て居られぬ小さな空であった。

終戦のその夜、海軍特別幹部練習生である私たちを驚かせたのは、犬の悲鳴であった。

下士官や士官がせっかく刀を買っておいたのにと、捕らえさせた犬めがけて、試し斬《ぎ》りをはじめたのだ。

一頭また一頭と、犬のあわれな悲鳴が、闇《やみ》に長く尾を曳いては消えた。

特攻隊員たちが柱相手に刀を振るったのとはちがい、野卑というか、低劣。その程度の男たちが、上官であり、教官でもあったわけである。

次に起ったのは、飽くことの無い少年兵いじめ。

下士官たちを背に、先任が珍らしく噛《か》んで含めるように、ゆっくり私たちに語りかけた。

「これからの貴様らの身の振り先は、三つに決まった。残務整理後、一つは帰郷、家へ帰す。一つは、呉《くれ》市中の警備に残る。そして、いま一つ問題なのが、サイパン島送りだ。米軍はいまサイパンで要塞《ようさい》づくりの真最中で、若い兵隊を大量に送れと言ってきた。もちろん、要塞の秘密を知った者を、生きて帰しはしない。だから、おれたちは指名はしたくない。貴様たちがクジ引きで自分の運命を決めろ。サイパン行きに決まっても、泣くな。男らしく、運命とあきらめろ」

戦争は終わったというのに、何たることか。

私たちは隣りの分隊が特攻基地送りになったときと同じように無口になり、クジを引き、サイパン行きとなった者は顔をこわばらせ、涙目になった。

ところが、次の日には、それが悪戯《いたずら》であった、とわかる。下士官たちは、高笑いしながら、「バカヤロウ！」を連発した。

勝つか死ぬかしか無いと思っていたのに、負けて生きるということがあったのかと、私たちは何か不思議な気がし、次にはほっとする思いになっていたのが、下士官たちには面白くない。もうひとつ、いじめてやれということであった。

彼等の悪業は、さらに続いた。

夜ふけに大八車を用意し、倉庫から毛布や食料などを運び出して、山盛りに積ませ、私たちにその大八車を曳かせて、「クラブ」と呼ぶ彼等の外泊先へ運びこませた。

使役は他にもあった。

米軍からの指令ということで、高角砲弾を青竹に縛りつけ、二人で担《かつ》いで、十キロ近くある山道を下り、呉まで運べ、というのである。

若いとはいえ、栄養失調も同然の身にはこたえた。二人一緒に倒れ、爆発させたいと何度か思った。もちろん信管を外してあるので、爆発するはずは無いのだが。

それでも、はるか眼下に呉の街の灯が見えてくると、気が変わった。

灯火管制のため、この世は一面の闇続きであったのに、何という街の灯の涼やかさ明るさ。

みんなで生きよう。生きるとは、こういうことなんだよ――と、灯の群はまたたき、語りかけてくるようで、その灯に吸いこまれる思いで、私たちはまた歩き出した。

歩くといえば、帰郷するためには、郷原の基地から山陽本線西条駅まで十数キロの道を歩いたあげく、ようやく乗れたのが、無蓋《むがい》貨車。

その一隅に押しこまれるようにして乗ったのはよいのだが、京都を出、長い東山トンネルに入ると、煙で息がつまり、火の粉に肌を焼かれた。

疎開《そかい》先であった別荘には、陸軍に召集されていた父がすでに戻っていた。

ただし、そこに長く居ることはできなかった。名古屋の家と事業所が私の入隊前夜の空襲で灰になり、建て直すためには、その別荘を家財ごと売る他なく、母が嫁入りのとき持ってきた琴も、妹たちが弾いていたオルガンも売り払われた。

父が経営していたのは、小さなインテリアの会社であったが、召集され戦地へ送られていた社員三人が戦死。母の弟の一人は病んで帰国後、亡《な》くなり、いま一人の弟は砲兵将校であったため、敵の狙撃兵《そげきへい》に左胸を撃ち抜かれての帰国であった。

復員直後の郊外暮らしで、私には思わぬ収穫があった。

八高（旧制・第八高等学校）在学中にカリエスにかかり、以来、寝たきりのまま英文学を耽読《たんどく》してきた小林という師が近くに疎開していると知り、受験勉強のため、その枕《まくら》もとに通って英語を教わることにした。

ところが、最初に読まされたのが、コンラッドの『青春《ユース》』、部厚い一冊を半年ほどかかって、ようやく読み終えると、次はジョージ・エリオットの『サイラス・マーナー』。

おかげで、「敵性語」で小説を読むことから、私の戦後は始まり、アメリカ兵の読みすてたポケット・ブックが安く手に入るため、ヘミングウェイ、シャーウッド・アンダソン、コールドウェルなど、次々と読みふけった。

進学先は、東京商科大学（現一橋大学）予科。父親にしてみれば、家業を継がなくとも、何とかビジネスの世界で食って行けるだろうという算段であり、私は私で、予科・学部の一貫教育のため六年間、受験勉強に妨げられることなく、好きな本ばかり読んで暮らせるとの思惑からであった。

だが、この思惑は早々に狂った。

終戦直後、兵学校や士官学校生徒が無試験で東大などへの転入学を許された反動で、連合国軍総司令部は、昭和二十一年春、「軍学徒進学制限令」なるものを出した。軍関係出身者は、それぞれの大学・高校の学生数の一割以内に限る——というのである。

このため、七つ釦《ボタン》の練習生であった私まで篩《ふるい》にかけられ、せっかく合格していながら、入学は無期延期。

明るく晴れ上がるかに見えた空が、ふたたび重苦しい曇天に。いったい、どこまで軍は祟《たた》るのかと、暗い思いになったが、幸い、これは半年ほどで解除になった。

ところが、戦中は「人のいやがる海軍に志願してくるバカが居る」と、散々やられたのに、今度、おくれて入学してみれば、

「人のいやがる海軍へ志願して行くバカが居た」

というわけで、露骨に「ダスキン」呼ばわり。つまり幼《ダス・》児《キント》程度の頭脳と蔑《さげす》まれた。

言い返し、見返すためにも、とにかく読書、読書しかないし、鬱屈《うつくつ》する思いを詩に綴《つづ》り、北川冬彦、丸山薫といった詩人に親しむようにもなった。

身分や階級や権力者がとりあえず消えた世の中の風通しはよく、今度こそ空は限りなく青く高く広い。

それでいて、復員以来、高熱と下痢が続き、毛髪が褐色になって脱け落ちるなど、まるで半病人。

危うく死なずに帰ってきたという感じであり、乏しい食料をやりくりして、とにかく体力をつけさせようと、家中が躍起《やつき》になっているのを、うつろな眼で眺めている、といった毎日であった。


それでも私は生還したのだが、津久見の中津留家では、終戦になったというのに、一人息子が戻って来ない。

何か残務整理があってと思ったのだが、連絡ひとつない。

電話はろくにつながらず、ようやく出た相手は面倒くさそうに、「部署がちがう」とか「よく知らぬ」をくり返すばかり。

中津留達雄の父明《あきら》は、しびれを切らして列車に乗り大分へ出た。

そして航空隊にたどり着き、終戦の日の午後、息子が特攻隊を率いて出撃したまま未帰還、と報《しら》され、腰が抜けそうになった。

気を取り直し、「遺書は」「形見は」と訊《たず》ねると、「何も無い」という返事。

「そんなばかな」

息子が残して行ったにちがいない私物はと訊《き》いても、「何一つありません」。

中津留明は、憤《いきどお》りと疲れで、もはや物を言う気力もなく、津久見へと引き返した。

嫁の保子は、近くで開業しているその両親の許《もと》で、しばらく娘の鈴子を育てていたが、関大尉の特攻死後と同様、まだ若い嫁をそのまま寡婦《かふ》にしておくわけには行かぬと、再婚話が進められた。

このため、鈴子は三歳で祖父母の家に引き取られることになった。

小野田セメント勤めであった祖父明は、やがて退職して、蜜柑《みかん》畠などで農作業も。

鈴子はリヤカーの端に乗せられて、そうした畠の中へ。そこで一日、ぽつんと一人遊びすることもおぼえた。

家族とはそういうものと思っていたが、小学校に入ってみて、両親も兄弟姉妹も居ない淋《さび》しさが、あらためてわかってきた。

そして、「父が生きていてくれたら」と、子供心に痛切に感じるようになった。

祖父は元気であった。「達雄の分まで達者」と蔭口《かげぐち》をきかれるほど。

海からの汐風《しおかぜ》を受ける丘は、石灰岩質の土壌とあって、日本でいちばん甘い蜜柑がとれるといわれるほど、津久見は蜜柑づくりに向いた土地であった。

ただ、もともと農家でなく、おくれて手に入れた土地だけに、狭くてかなり急勾配《こうばい》の道を上りつめたところに在り、水や肥料を運ぶのも、蜜柑を積み出すのも、容易ではない。手ぶらで登る私でさえ、再三、転落しそうになった。

だが、一方ではそうして山道を通うことで、祖父明はさらに健康にも健脚にもなったようで、農閑期に入ると、明は往復を含め五日がかりで、福岡県篠栗《ささぐり》の八十八ヶ所廻りに出かけ、息子達雄の供養《くよう》。

ときには、孫の鈴子を伴なった。

大人たちの間を、ちょこちょこ走ってついて行く鈴子。老人と孫との巡礼は珍らしくもあって、「可愛い」との声がかかる。

明は眼を細めはしたが、ただそれだけの思いではなかったはずである。

一方、祖母ヌイは教員であったため、鈴子の勉強をときどき見てくれる。晩酌しながら、その様子をにこにこして見つめる祖父。

そうした中で、鈴子は健《すこ》やかに育ち、やがて地元の銀行につとめ、二児の母となった。

その間に一度だけ、生みの母保子に会っている。保子一家は和歌山に移っており、訪ねて行った鈴子は、隣りに住む舅《しゅうと》姑《しゅうとめ》の家に泊めてもらった。父親のちがう弟たちに、「この人だれ」と珍らしがられたりしながら。

以後、会う機会はなく、

「もう一度、会いたいわね」

と思いつめたような電話の声を残し、かつて中津留大尉《だいい》と餅《もち》つきを楽しんだ保子も、世を去った。

昭和五十六年、今度は祖母ヌイが八十三歳で昇天。腹痛を訴え、開腹して癌《がん》とわかった夜の死であった。

祖父明は、晩酌の酒量を増やしながらも、「百歳まで生きる」と言い続ける。そのことが生きる支えでもあるかのように。

もっとも、その目標の四年ほど前、足を骨折して養護老人ホームに入り、車椅子《いす》生活となったが、目標とした満百歳の誕生日を超えた一ヶ月後に大往生を遂げる。

「百歳生きたから、ほっとしたんでしょうね」

と、孫の鈴子さん。

息子達雄が二十三歳で戦死してから、実に五十一年間、生き抜いてのことであった。

「百歳まで」とともに、明がその最期《さいご》まで思い出しては口にしていたのが、「宇垣さんが一人で責任をとってくれていたらなぁ」

というつぶやきであった。神風特攻を始めた大西中将や、最後の陸軍大臣阿南惟幾《あなみこれちか》大将などがみごとな割腹自殺を遂げたことと思い比べるようにして。


蜜柑畠への急な山道がはじまるところに、中津留明はりっぱな墓を建てた。

個人の墓というより、碑に近く、明としては息子だけでなく、共に散った部下たちの霊も一緒に弔う思いであったのではないか。

まわりには、さまざまの花が咲き、鶯《うぐいす》、目白、鵯《ひよどり》などが、高く低く鳴き続けていた。

七十余年生きてきた私は、そうした中に立っていて、ふっと思った。

二十歳前後までの人生の幸福とは、花びらのように可愛《かわい》く、また、はかない。

その一方、かけがえのない人を失なった悲しみは強く、また永い。

花びらのような幸福は、花びらより早く散り、枯枝の悲しみだけが永く永く残る。

それが、戦争というものではないだろうか——と。

予科練など少年兵が、花も蕾《つぼみ》のまま散って行くのに対し、高橋赫一《かくいち》、関行男、久納好孚、野中五郎、山下博、藤井眞治、中津留達雄らは、軍隊という窮屈な枠の中で、それぞれ個性的な指揮官としての人生へと踏み出し、また、花開く幸福を知ったにもかかわらず、花びらより早く散って行った。

その男たちの無念さを思うと、こちらはいまも無心に花を仰ぐ気持になれないでいる。


入江とはいえ、一万トン級の船が入る眼下の深い海。

息子達雄は、夏を待たずに対岸まで泳いで渡り、岩の上で一休みして、また泳いで戻ってくるのが、日課であった。

だからこそ、乗艦が沈められたときも、十六時間も漂流しながら、生き残った。

そのこともあって、老いたヌイは、月の明るい夜には浜辺に出、長い時間、光る海を見つめて立ち尽くしていた。

「泳ぎ上手だったから、あちこちに泳ぎ着いて、長い間かかって、やっと戻ってくる。そんな気がしてね」

と、孫の鈴子につぶやきながら。

そういえば、藤井眞治大尉の母は百三歳まで生きたが、その最期まで同じようなことを言い続けた。

「そんなことは無いと、わかってるんだけど、それでも何年かかかって帰ってくる気がするの」

もはや私には言い継ぐ言葉も無い。

あとがき

本作品は、平成十三年五月号からの小説新潮誌上での「花びらの幸福――青年指揮官たちの特攻」と題した四回にわたる短期集中連載に、大幅に加筆したものです。

取材に際しては、主として左記の方々にお世話になり、心から御礼申し上げます。

青木秀　青木一　青松慶大　飯井敏雄　飯沼松太郎　一色典雄　伊東久暁　井上謙　井上治廣　今井征男　今戸公徳　岩沢辰雄　上野静喜　宇賀神正典　穎川良平　江間千賀　江間昌明　江本康彦　大島治和　大田計佐治　大塚昌宏　大槻悟　大西伝一郎　大西正文　大野誠　小畑静　小畑妙　賀川光夫　賀来準吾　河合滋　河合慎一郎　川野和一　川淵秀夫　倉田紘文　古手川節子　佐藤高明　佐藤陽二　高橋赫弘　田中勝利　千代賢治　中井勝　永末千里　中津留鈴子　中村亨三　中村友信　中山素平　西村豊成　長谷川薫　土生かおる　平田崇英　平松守彦　福島稔郎　藤城泰三　藤原裕堀田治夫　本江博　牧山静　松浪清　南﨑伸一郎　宮崎文雄　宮崎嘉夫　門司親徳森久保卓　薬師寺敏雄　横山恵美子　横山京子　横山恵一　吉田新　脇田教郎　渡瀬

昌男

（五十音順・敬称略）

また、楠瀬啓之氏をはじめとする小説新潮編集部、校閲部、出版部などの文字どおり献身的な助力を得て、ようやく刊行に至りました。記して謝意を表します。

私としては、初心に戻り、年来の課題をようやく書き終えた思いがして居り、これも読者はじめ励まして下さった方たちのおかげと、あらためて感じているこのごろです。

平成十三年七月初旬

城　山　三　郎

文庫版あとがき

執筆に当たって、手に入る限りの資料を読み、現場を訪ね、関係者に会ったものの、どうしても書けず、諦《あきら》める他無いというとき、それまで一切の取材を拒んで来られた遺児が重い口を開いて下さり、それによって、苦労が一気に報いられたということが、これまでに二度あった。

一度は『落日燃ゆ』の広田弘毅について、これは大岡昇平さんのおかげで、そして二度目が、この『指揮官たちの特攻』。こちらは当時の大分県知事の平松さんたちのおかげで、遺児が重い口をようやく開いて下さって、それまで取材してきたことが一度に生き、嬉《うれ》しく、また感激した。

表紙カバーの右が、最後の特攻隊長中津留大尉《だいい》。左が最初の特攻隊長関大尉。見る度に胸が痛む勇姿である。

平成十六年五月下旬

城山三郎

〈主な参考文献〉

森史朗「敷島隊の五人」（光人社）
ジャネット妙禅デルポート「関大尉を知っていますか」（服部省吾訳・監修　光人社）
パスカル・ローズ「ゼロ戦　沖縄・パリ・幻の愛」（鈴村靖爾訳　集英社）
大野芳《かおる》「神風特攻隊『ゼロ号』の男」（光人社NF文庫）
住友誠之介「海鳴譜―徳島人海軍兵科将校列伝」（徳島総研）
後藤新八郎「海軍兵学校出身者の戦歴」（原書房）
平田崇英他「宇佐航空隊の世界」Ⅰ・Ⅱ・Ⅲ・Ⅳ（豊の国宇佐市塾）
阿川弘之「雲の墓標」「山本五十六」「米内光政」「井上成美」（いずれも新潮文庫）
七〇一空会「慰霊のことば」（私家版）
木田達彦「雲」（私家版）
七〇一空会「七〇一空戦記」（私家版）
船川睦夫「宇佐八幡護皇隊神雷特攻隊」（私家版）
寺崎隆次他「木田達彦伝」（私家版）
井口善弥「悠久の大義」（私家版）
杉本五郎「大義」（平凡社）
甲斐克彦「武人《もののふ》の大義―最後の陸軍大臣阿南惟幾《あなみこれちか》の自決」（光人社）
大西比呂志他「相模湾上陸作戦」（有隣新書）

門奈鷹一郎「海軍伏龍《ふくりゅう》特攻隊」(光人社NF文庫)
鶴見和子、牧瀬菊枝編「ひき裂かれて」(筑摩書房)
菊池敬一、大牟羅良編「あの人は帰ってこなかった」(岩波新書)
中島秋男「弟よ、安らかに眠るな」(栄光出版社)
角田和男「修羅の翼」(今日の話題社)
宅嶋徳光「くちなしの花」(光人社)
高塚篤「予科練甲十三期生」(原書房)
福本和也「ああ〝予科練〟」(講談社)
長峯良斎「死にゆく二十才の真情」(読売新聞社)
笠原和夫「『妖《あや》しの民』と生まれきて」(講談社)
永井健児「十六歳の太平洋戦争」(集団形星)
渡辺清「海の城」(朝日新聞社)
川崎洋「わたしは軍国少年だった」(新潮社)
日本雄飛会編「あゝ少年航空兵」(原書房)
井上理二「あゝ海軍特年兵」(光人社NF文庫)
永沢道雄「ひよっこ特攻」(光人社NF文庫)
中日新聞社会部編「あいちの航空史」(中日新聞社)
永末千里「白菊特攻隊」(光人社)

永末千里「蒼空の果てに」（旭商事）
竹井慶有「南の空に下駄はいて」（光人社）
安永弘「死闘の水偵隊」（朝日ソノラマ）
碇《いかり》　義朗「最後の二式大艇」（文藝春秋）
高仲顕「零戦のマネジメント」（日刊工業新聞社）
吉村昭「零式戦闘機」（新潮文庫）
増戸興助「彗星《すいせい》特攻隊」（光人社）
山川新作「空母艦爆隊」（光人社ＮＦ文庫）
横山長秋「海軍中攻決死隊」（光人社ＮＦ文庫）
米倉秀一「知覧特攻早春譜」（ジャプラン）
飯沼松太郎「ああ　我が青春に悔あり」（非売品）
毎日新聞社編「青春の遺書」（毎日新聞社）
内藤初穂「極限の特攻機　桜花《おうか》」（中公文庫）
松浪清「命令一下、出で発つは」（光人社）
北川衛編「あゝ特別攻撃隊」（徳間書店）
安延多計夫「あゝ神風特攻隊」（光人社）
デニス・ウォーナー、ペギー・ウォーナー「ドキュメント神風」上・下（妹尾作太男著・訳　時事通信社）

小沢郁郎「つらい真実・虚構の特攻隊神話」（同成社）
三村文男「神なき神風」（ＭＢＣ21）
モーリス・パンゲ「自死の日本史」（竹内信夫訳　ちくま学芸文庫）
森本忠夫「特攻・外道の統率と人間の条件」（光人社ＮＦ文庫）
猪口力平、中島正「神風特別攻撃隊」（河出書房）
特攻隊慰霊顕彰会編「特別攻撃隊」（非売品）
特攻隊戦没者慰霊平和祈念協会編「特攻隊遺詠集」（ＰＨＰ研究所）
白鷗遺族会編「雲ながるる果てに」（河出書房新社）
森崎湊「遺書」（図書出版社）
「英霊の言乃葉」１・２・３・４（靖国神社）
永末千里「神風は吹かず」（葦書房）
野口冨士男「海軍日記」（文藝春秋）
松田敏夫「思い出あれこれ　特攻の一〇ヵ月」（私家版）
緒方竹虎「一軍人の生涯―提督・米内光政」（光和堂）
門司親徳「回想の大西瀧治郎《たきじろう》」（光人社）
秋永芳郎「海軍中将大西瀧治郎」（光人社ＮＦ文庫）
生出寿「特攻長官　大西瀧治郎」（徳間文庫）
宇垣纏日記「戦藻録」（原書房）

松下竜一「松下竜一その仕事21　私兵特攻」（河出書房新社）
野原一夫「宇垣特攻軍団の最期」（講談社）
半藤一利「日本のいちばん長い日」（文藝春秋）
秦郁彦「八月十五日の空」（文春文庫）
森久保卓編「海軍特別幹部練習生ニ採用ス」（非売品）
防衛庁防衛研修所戦史室「戦史叢書」シリーズ（朝雲新聞社）

解説

澤地久枝

軍隊生活をのがれがたく体験し、戦場へ送られ、多くの戦死者を出して、「戦中派」とよばれるのは、大正生れの世代である。

この世代には、戦場、軍隊生活、生と死をあとの世代に語るべく、多すぎるほどの惨苦の経験がある。しかし、いま、戦争で生きのび、貴重な証言をのこした人も、黙したままであった人も、戦後の年数がかさなるうちに、あいついで人生から退場しつつある。

昭和二年、一九二七年生れの人たちは、昭和元年がわずか一週間しかないこともあり、「昭和」をまるごと生き、戦争の昭和を身をもって経験した。戦争がおわったとき、十七、八歳でしかなかったこの人たちはいま、戦争について語りのこすべき最前線といいたい位置にいる。かつての大正世代の役割を引きつぐ人たちである。

城山三郎氏は昭和二年八月十八日に生れた。戦争がおわった二十年八月十五日、誕生日を三日後にひかえる十七歳だった。

二十年の春、徴兵猶予《ゆうよ》のある理科系への進学がきまり、四十二歳という「高齢」で陸軍に召集されていた父親には、ひそかな安堵《あんど》があったはずである。しかし、城山少年は親心を無視して、海軍特別幹部練習生に志願、入隊する。

この心理は、なかなか理解してもらえないだろうと思う。戦争中、日本が負けることなど想像もせず、戦局が不利になればなるほど、戦闘員となってたたかわねばならないと自分を追いつめる使命感。生き死にに迷うのは、非国民というつよい思いこみが、少年少女をしっかり縛っていた。城山さんより三歳年下のわたしは、志願した城山さんの気持を、わが心をうつすように感じとることができる。

あとからふりかえれば、愚かということになろう。しかし真面目《まじめ》であればあるほど、感性が豊かであればあるほど、戦場へ出ることへ心をかきたてられていたのだ。

だが、志願入隊した海軍は、予想をことごとく裏切る。「牛馬同然どころか、牛馬以下」(「指揮官たちの特攻」)、朝から夜中まで拳骨《げんこつ》や棍棒《こんぼう》で殴られつづけ、頭はコブだらけ、全身、内出血の痣《あざ》だらけになる。眠っていれば突然ハンモックが切り落されるなど、「憂国」の純真な心を踏みにじるリンチがあいついだ。

陸海軍ともに、戦闘能力は底をつき、戦争終結のきざしも見えない。軍隊内の志気は低下、自暴自棄の荒廃がひろがり、末期症状であった。

戦後、城山さんは、作家になりたいというより、戦争中の体験だけは残したいと痛切に思う。自費出版でもいい、書き残したいと。その思いにしたがうまま道がひらけ、作家になる。

ごく初期の作品「大義の末」を読んで、雑誌記者だったわたしは城山さんに寄稿をお願いした。四十五年前で、それ以来の御縁である。敗戦をさかいに逆転した社会に対する思いへの、共感があった。

城山さんは、経済小説の先駆者としてよく知られているが、「落日燃ゆ」(東京裁判でA級戦犯中ただ一人の文官として絞首《こうしゅ》刑になった広田弘毅を書く)があり、海軍生活の地獄を描いた「一歩の距離——小説予科練」がある。

「指揮官たちの特攻」は、戦争ととりくんだこれらの作品の系列につらなる。

昭和十九年十月、フィリピン戦線で第一次特別攻撃隊敷島隊の指揮官として、還《かえ》ることのない出撃をした関行男海軍大尉。

昭和二十年八月十五日、ポツダム宣言受諾の玉音放送、つまり戦争終結のあと、沖縄へ向けて最後の特攻攻撃に飛びたった中津留達雄海軍大尉。二人とも二十三歳の死。人生がはじまったところだった。

戦法としては邪道の特攻攻撃に、黙々として死んでいった男たちの記録や遺書は、「きけわだつみのこえ」をはじめ、数多く出版されている。

「指揮官たちの特攻」の異色さは、最初と最後の特攻隊指揮官（おなじ海兵第七十期出身）を、その死後の遺族の人生まで追っただけではない。戦時の海軍内面事情や、多くの高官たちが書きこまれている。城山さん自身の「海軍体験」をちりばめながら、特攻攻撃で死ななければならなかった男たちのむごい運命、鎮魂の祈りがこめられている。

九州・宇佐航空隊には、昭和十七年六月、ミッドウェー海戦で死んだ飛行科将校たちの思い出がきざまれており、エピソードも多い。

同隊の直井俊夫司令は、昭和二十年二月十一日、宇佐の全隊員を集めて訓示した。大胆かつ異色の訓示である。

「いまや戦争に勝つということは考えられなくなった。軍人として名誉ある対処を静かに考えるべき時期が来た」

宇佐航空隊に近い中津の筑紫亭の建物はいまもある。床柱、鴨居《かもい》に無数の刀疵《かたなきず》がのこるのを取材中の城山さんは目にした。白刃《はくじん》をかざして斬《き》りつける特攻隊員たちの声が、聞えてくるように感じている。

「おれは死ぬ、死ぬんだよ、お母さん、こんなに元気なのに。ごめんね、お母さん。おれの分まで達者でね、お母さん」「なんで、なんで、おれが。なんで、えいっ！」「この世にこんなことがあっていいのか／特攻を考えた奴《やつ》は、修羅だ／特攻を命じた奴も、修羅だ／よおし、それなら、俺たちが本当の修羅になってやる／見てろよ、本当の修羅とは、どんなものか！」

特攻攻撃を命じられて、死にたくはない死をとげ、生きのびても敗戦後、「特攻くずれ」などという言葉でいやしまれ、忘れられがちであった男たちの声なき声。聞きとって、城山さんはどうしたか。

「私は痛ましくて、たまらなくなり、ごめんね、ごめんね。心の中でつぶやきながら、刀疵を撫《な》で続けた」

海軍へ志願し、書き残すべき責任を負ったと自覚する人ならではの「ごめんね」である。

特攻攻撃の集中した沖縄海域を訪ねて、白日夢を見る。それは「いつまでも成仏《じょうぶつ》できず漂う男たちののっぺらぼうの黒い顔」だった。

開発された特攻兵器には、潜水艦に搭載されて大洋へ運ばれ、敵艦近しとみて乗り移り、操縦して敵艦に自爆する人間魚雷回天、あるいは、飛行機につるされ、人間を封じこめたロケット弾として射ち出される桜花（搭載火薬一・二トン）などがある。人間を部品、消耗品以下に扱う一種の「虐殺」。確信をもてない戦果を神頼みする戦争末期があった。

「桜花」特攻で年若い息子を喪《うしな》った母親に会ったことがある。一九八〇年代のはじめで、母親は「桜花」の信じがたい仕組みを聞かされてもなお一層、生還を信じ、待ちつづけていた。特攻兵器「桜花」、人間ロケット弾。常識では考えられない、兵器とはいいがたい代物《しろもの》。これを容認した軍人たちの、みにくい退廃を感じさせられる。

この本に挿入されているエピソードの一つに、戦後、著者のアメリカ旅行中の体験がある。カリフォルニヤの田舎町の航空博物館に立ち寄り、「桜花」の実物を見た。天井から吊《つ》るされていて、背後の壁面には大きくBAKA BOMBと書かれていた。「バカ爆弾」とはなんだ。ひどすぎると城山さんの怒りは爆発、憤《いきどお》りで体が震えそうであったという。

七つ釦《ボタン》の予科練に代表される海軍に、戦争中の少年は（少女も）あこがれた。戦争のために死ぬことを義務とも栄誉とも感じて志願した多数の少年たちを待っていたのは、兵器ともよべぬ「特攻兵器」を動かし、死んでゆく要員となる運命だったことになる。

最後の特攻隊指揮官中津留大尉は、かつて山本五十六連合艦隊司令長官のもとで参謀長だった宇垣纒《まとめ》司令長官の命令で、敗戦後の特攻攻撃に出ている。

宇垣は出動にあたり、戦争が終結したことを告げていない。敗戦の責任をとるべく死ぬというのなら、一人で自決すればすむことである。祖国の明日のため、有為な青年を一人でも多くのこそうという判断があれば、敗戦を伝え、「諸君は、それぞれの判断で身を処されよ。死に急ぐことは忠義ではない」と言うべきだった。操縦のできない航空艦隊司令長官が死に場所を空に求めれば、部下の搭乗員の犠牲は避けられない。「陣地変更」の名目で鹿屋《かのや》基地から大分基地に脱出したとき、宇垣はあるべき軍人の姿から逸脱したのであろうか。

特攻出撃を命じられた指揮官中津留大尉は、八月十四日、海軍総隊司令長官小沢治三郎中将から「対ソ及対沖縄積極攻撃中止」の命令が出たことを知らされない。宇垣は上部からの命令（上官の命令は即天皇の命令である）にそむいて、沖縄特攻を実施した。

沖縄上空到達は八月十五日夜、伊平屋《いへや》島占領の米軍キャンプは、明々と電灯をつけ、勝利のビア・パーティ中だった。そのとき、上空をかすめて岬の上に一機、水田の中に一機、七〇一航空隊の彗星《すいせい》が突っこんだ。中津留大尉は宇垣長官の突入命令を無視、突入電を打たせて左へ急旋回、米軍キャンプのさきへ突込んだ。つづく僚機も中津留機にならい、戦争終結後の騙《だま》し打ち攻撃の汚名をまぬかれている。

戦後、一人暮しとなった関行男の母がつとめた谷あいの建物を訪ねてゆき、ふり仰いでもほとんど空が見えない「小さな空」を著者は確認した。

中津留大尉の遺児鈴子は、三歳のとき母の再婚で祖父母に引きとられた。遺族の戦後を聞き出し、手紙などの遺品を確認したのは、城山さんの根気と熱意の成果である。よく歩いておられる。

鈴子は祖父母の蜜柑畠《みかんばたけ》での農作業中、リヤカーの端に乗せられて、畠の中で一人遊びしたという。畠は狭くて急勾配《こうばい》の道を上りつめたところにある。そこも城山さんは訪ね、老父母の苦労を実感している。百歳まで生きた父の明は、最期《さいご》まで、「宇垣さんが一人で責任をとってくれていたらなぁ」と呟《つぶや》いた。母は老いてからも月夜の海辺に立ちつくし、泳ぎ上手の息子が帰りつくのを待っていたという。

さて、「指揮官たちの特攻」を読む前でも後でも、この夏「一歩の距離」をぜひ読んでほしい。軍隊の本質、実態、城山さんが生涯かけて書き残そうと決心した動機の一端にふれることができる。戦争も軍隊も絵空事、バーチャル世界のことではない。

城山さんが硬骨の志高い人であることは、「個人情報保護法反対」、イラクへの自衛隊派遣に際しての寄稿「小泉さんと中津留大尉の決断」(「文藝春秋」二〇〇四年二月号)

に明解に示されている。

伊勢湾台風時にはじまる災害派遣、エンジン停止のまま地上の民家を回避して飛び、殉職した航空自衛隊員などにふれ、「自衛隊の本義は『人を救うこと』にあるのだと考えるようになった。自衛隊は軍隊とははっきり違います。軍隊組織に似ているが、性質は全く違う。軍隊は人を殺す組織です。それに対し人を殺すのではなく、人を救う使命を持つ組織というユニークさにおいて、日本の自衛隊はおそらく世界でも例をみない存在です。私はこれを自衛隊の誇るべきとてもいい伝統だと思っています」と含蓄のふかい文章を書いている。

十七歳の日の、四カ月間の海軍体験を踏まえたこの識見は、いまや小泉首相によって打ち砕かれそうな形勢である。しかし城山さんがその考えを変えることがあるだろうか。組織と個人、戦争と個人を考えつづけて来た人の歴史観がゆらぐことがあろうか。

その体験から、「昭和」の戦争と現在を結ぶ回路をもつ人なのだ。氏は真摯《しんし》でかつ柔軟、楽しい人である。それを同年生れの作家、吉村昭氏との自由な対話で読みとってほしいと思う（『「気骨」について』新潮社）。打ちとけてのびやか、飾らぬ対談にお二人の人柄がうかがえ、生きてきた七十余年の人生が見える。そこにまさに「昭和」があり、城山さんの生き方の根底もはっきりする。静かな証言者というべきお二人はいま、混迷蛇行の日本の実質的な水先案内人《パイロット》になろうとしているのではないか。

（平成十六年六月、作家）

この作品は平成十三年八月新潮社より刊行された。

城山三郎著　**硫黄島に死す**

〈硫黄島玉砕〉の四日後、ロサンゼルス・オリンピック馬術優勝の西中佐はなお戦い続けていた。文藝春秋読者賞受賞の表題作など7編。

城山三郎著　**冬の派閥**

幕末尾張藩の勤王・佐幕の対立が生み出した血の粛清劇〈青松葉事件〉をとおし、転換期における指導者のありかたを問う歴史長編。

城山三郎著　**落日燃ゆ**
毎日出版文化賞・吉川英治文学賞受賞

戦争防止に努めながら、A級戦犯として処刑された只一人の文官、元総理広田弘毅の生涯を、激動の昭和史と重ねつつ克明にたどる。

城山三郎著　**打たれ強く生きる**

常にパーフェクトを求め他人を押しのけることで人生の真の強者となりうるのか？　著者が日々接した事柄をもとに静かに語りかける。

城山三郎著　**秀吉と武吉**
目を上げれば海

瀬戸内海の海賊総大将・村上武吉は、豊臣秀吉の天下統一から己れの集団を守るためいかに戦ったか。転換期の指導者像を問う長編。

城山三郎著　**わしの眼は十年先が見える**
—大原孫三郎の生涯

社会から得た財はすべて社会に返す——ひるむことを知らず夢を見続けた信念の企業家の、人間形成の跡を辿り反抗の生涯を描いた雄編。

城山三郎著
対談集「気骨」について
強く言えば気概、やさしく言えば男のロマン。そこに人生の美しさがある。著者が見込んだ八人の人々。繰り広げられる豊饒の対話。

城山三郎著
静かに健やかに遠くまで
城山作品には、心に染みる会話や考えさせる文章が数多くある。多忙なビジネスマンにこそ読んでほしい、滋味あふれる言葉を集大成。

城山三郎著
部長の大晩年
部長になり会社員として一応の出世はした。だが、異端の俳人・永田耕衣の本当の人生は、定年から始まった。元気の出る人物評伝。

吉村　昭著
零式戦闘機
空の作戦に革命をもたらした〝ゼロ戦〟——その秘密裡の完成、輝かしい武勲、敗亡の運命を、空の男たちの奮闘と哀歓のうちに描く。

吉村　昭著
脱　出
昭和20年夏、敗戦へと雪崩れおちる日本の、辺境ともいうべき地に生きる人々の生き様を通して、〈昭和〉の転換点を見つめた作品集。

澤地久枝著
琉球布紀行
琉球の布と作り手たちの生命の物語。沖縄に住んだ著者が、琉球の布に惹かれて訪ね歩いて知った、幾世代もの人生と多彩な布の魅力。

指《し》揮《き》官《かん》たちの特攻《とっこう》

―幸福は花びらのごとく―

新潮文庫　し－7－28

平成十六年八月一日　発行
平成二十六年五月三十日　二十刷

著者　城《しろ》山《やま》三《さぶ》郎《ろう》

発行者　佐藤隆信
発行所　株式会社　新潮社
郵便番号　一六二―八七一一
東京都新宿区矢来町七一
電話　編集部(〇三)三二六六―五四四〇
　　　読者係(〇三)三二六六―五一一一
http://www.shinchosha.co.jp
価格はカバーに表示してあります。

印刷・大日本印刷株式会社　製本・加藤製本株式会社

ISBN978-4-10-113328-7 C0195